Uwe Goeritz

# Aurelia

## Liebe in teuflischen Tiefen

Bibliografische Information der Deutschen Nationalbibliothek:
Die Deutsche Nationalbibliothek verzeichnet diese Publikation in der Deutschen National-bibliografie; detaillierte bibliografische Daten sind im Internet über http://dnb.dnb.de abruf-bar.

Coverbild: von Willgard Krause und Sarah Richter auf Pixabay

Herstellung und Verlag: BoD – Books on Demand, Norderstedt

ISBN: 978-3-7526-4538-5

# Inhaltsverzeichnis

## Anmerkungen und Warnungen

*D*iese Erzählung enthält detaillierte Schilderungen von Sex und sollte daher Jugendlichen nicht zugänglich gemacht werden.

Sämtliche Beteiligte dieser Geschichte sind erwachsen und über 21 Jahre alt.

Sämtliche Orte, Figuren, Firmen und Ereignisse dieser Erzählung sind frei erfunden. Jede Ähnlichkeit mit echten Personen, ob lebend oder tot, ist rein zufällig und vom Autor nicht beabsichtigt.

## 1. Kapitel

# Katzen in der Nacht

Der kühle Luftzug, der vom Arno über die Stadt wehte, vermischte sich mit dem heißen Hauch, den die Sonne dieses Frühsommertages auf die Dächer von Florenz gebrannt hatte. Jetzt erst zog es die tausenden Touristen und Einwohner der Stadt aus ihren Häusern auf die Plätze hinaus.

Mit der Kühle des beginnenden Abends atmeten alle scheinbar auf. Selbst die Tauben schienen erst jetzt zu erwachen und ihr Glück auf dem großen Platz in der Mitte der Stadt zu suchen.

Romina blickte zurück zum Zaun, über den sie gerade gesprungen war. „Geschafft!", jubelte sie in Gedanken. Die lästige Gouvernante war abgehängt. Nie im Leben würde die Frau über den Zaun springen können. Aber noch war Romina zu nahe an ihrem Elternhaus, als das sie sich wirklich sicher fühlen konnte. Immer noch konnte sie ein schnell informierter Securitymann zurückhalten.

Rennend versuchte die junge Frau in die erwünschte Freiheit zu gelangen.

Noch ein paar hundert Meter und das beginnende Nachtleben von Florenz würde sie einhüllen. Zumindest hoffte sie das, denn Wissen konnte sie es nicht. Bisher hatte man sie erfolgreich von der Außenwelt abgeschirmt.

Romina eine Tochter aus gutem Haus und wohlbehütet aufgewachsen. In Watte eingepackt würde sie es wohl eher nennen. Ihr Vater war ein erfolgreicher Tuch- und Modetycoon und seine Fürsorge erdrückte sie manchmal.

Sie wollte hinaus in die Freiheit, wie die Katze, die ihr vorhin den Weg über den Zaun gezeigt hatte.

Nun war Romina selbst eine dieser streunenden Katzen, die durch die Nacht liefen.

Ein paar Schritte noch, dann um die Straßenecke und es war geschafft.

Unüberschaubare Mengen von Menschen waren hier in der Abenddämmerung unterwegs und nun wollte Romina erkunden, was sich ihr hier so bieten würde.

Staunend schlenderte sie die Gassen der Altstadt entlang, sah die Leuchtreklamen der Bars und Lokale und hörte Musik aus fast jedem Haus.

Zuerst brauchte sie Geld, denn mit der goldenen Kreditkarte würde sie in keinem der kleinen Restaurants eine Pizza kaufen können.

Oder sollte sie sich einfach so in diese Nacht stürzen? Das Abenteuer suchen? Ohne Geld? Einfach so?

Im Zweifelsfall konnte sie immer noch den Vater anrufen, falls es zu Komplikationen kam.

Ein bisschen Sicherheit war schon nicht zu verachten.

Auf der Piazza della Signoria tummelten sich hunderte von Menschen und einige kleine Straßencafés luden mit Lichtern zum Verweilen ein.

Staunend stand Romina am Rande des Platzes, in dessen Mitte sich ein Karussell drehte. Wo am Morgen vielleicht die Kinder gefahren waren, da saßen jetzt am Abend viele junge Menschen auf den hölzernen Pferdchen und die meisten davon händchenhaltend als Pärchen.

Romina trat nach vorn und blieb daneben stehen. Sie sah ihnen einfach eine Weile zu.

Vor ihr, auf zweien von den Pferden dieses Karussells, saßen eine junge Frau und ein junger Mann, beide waren in ihrem Alter. Im Kuss drehten sie sich einfach mit.

Romina konnte ihren Blick nicht von den beiden lösen. Da war so eine Sehnsucht in ihr, denn bisher hatte sie weder einen Freund, noch eine Freundin gehabt. Einen Kuss schon gleich gar nicht! Ihr ganzes Leben war sie immer nur in dem Palast gewesen, den ihr Vater einfach nur mit „Haus" bezeichnete.

Zwar durfte sie gelegentlich am Tage, mit der Gouvernante, das Haus auch verlassen, doch so wirklich war sie nie hier draußen gewesen.

Andere Kinder waren zur Schule gegangen, Romina hatte einen alten Hauslehrer.

Andere Mädchen besuchten vielleicht ihre Freundinnen, sie saß einsam vor dem Fernsehen und sah sich in den Sendungen an, wie andere lebten.

Nun wollte Romina das selbst erleben, selbst erkunden.

Ziellos ließ sie sich mit den Menschen mit treiben.

Ihr Weg führte sie dabei durch irgendwelche Gassen und an Geschäften vorbei.

Überall waren in der einsetzenden Nacht kleine Lampen angeschaltet.

Blinkende Lichter zogen Romina an, wie sie wohl auch einen Nachtfalter angezogen hätten.

Da sie auf ihrer überstürzten Flucht keine Jacke mitgenommen hatte, wurde es nun zunehmend kühler und in Sandalen, mit dem kurzen Rock und der kurzärmligen Bluse wurde es schon bald ziemlich ungemütlich.

Beim nächsten Mal musste sie ihre Flucht vorher besser planen, aber dieses Mal hatte sie einfach die sich bietende Chance ergriffen, ohne an die Vorbereitung zu denken.

Es war schon Zufall gewesen, dass sie die Handtasche dabei gehabt hatte.

Die Arme um die Schultern gelegt, dachte sie nach, ob sie sich nicht in einem der Läden eine Jacke kaufen sollte.

Zurückblickend auf den Platz mit den Nobelläden, prallte sie im Gehen mit jemand zusammen, den sie nicht hatte kommen sehen. Ein großer, bärtiger Mann, offenbar betrunken, brüllte sie an und Romina zuckte erschrocken zurück.

Doch schnell hatte er sich beruhig und schob sich an ihr vorbei. Torkelnd tauchte er in der Menschenmenge unter.

Im Umsehen erkannte Romina rechts das Schild eines Geldautomaten und mit ein paar Euro konnte sie sich auch an einem der Stände an der Seite der Gasse eine Jacke kaufen.

Wie viel sollte sie holen? Hundert? Zweihundert? Die Abfrage des Automaten blinkte und sie drückte auf 500 Euro, denn schließlich wollte sie auch noch in eine der Bars.

Das Gerät ratterte und zählte wohl gerade die Scheine. Der Schacht öffnete sich und drückte ihr ein dickes Bündel 20 Euro Noten in die Hand.

Sollte sie es hier nachzählen?

Vorsichtig blickte sie sich um.

Warum hatte der Automat ihr nicht fünf große Banknoten gegeben? Es konnten durchaus 25 Geldscheine sein und ein Pärchen wollte auch noch an den Automaten, daher schob Romina das

Geld ungezählt in die Tasche, drehte sich zur Gasse und ging ein paar Schritte.

An einem der Stände sah sie eine Strickjacke, die ihr gefiel und die sicher die Nachtkälte von ihr fernhalten würde.

Mit fünf Scheinen weniger, aber warmen Schultern, setzte Romina ihren Weg durch die Nacht fort.

Das nächste Ziel war es, eine Bar zu finden.

Oder eine Pizza zu essen.

Was davon auch immer als Erstes ihren Weg kreuzen würde.

In ihrem Elternhaus gab es niemals Pizza und dabei hatte sie doch schon so viel davon gehört und gelesen.

Und das ging doch aber gar nicht. Eine Italienerin, die noch nie ein Stück Pizza gegessen hatte!

In Gedanken ließ sie sich mit der Menschenmenge treiben, bis das große Schild mit der Aufschrift „Pizza" sie praktisch ansprang.

Ein paar Minuten später hatte sie eine Pizza vor sich und sah zu den anderen am Nachbartisch, um festzustellen, dass man sie mit der Hand essen musste.

Genüsslich biss sie hinein und der warme Käse zog lange Fäden. Das war schon etwas anderes, als das Essen, das ihr so in ihrem Palast serviert wurde.

Würzig, heiß und aromatisch.

Vielleicht eine Spur zu heiß!

Der Käse brannte am Gaumen und nur ein Schluck kalter Cola konnte sie noch retten.

Für einen Moment liefen ihr die Tränen. Trotzdem war es schön gewesen, denn es schmeckte nach Freiheit!

Romina schaffte die Hälfte ihrer Mahlzeit, bevor sie sich wieder auf den Weg machte.

Nächstes Ziel: eine Bar!

Immer weiter entfernte sie sich dabei vom Zentrum und von ihrem Zuhause.

Die Ströme der Menschen verliefen sich in den Seitengassen.

Mit jedem Schritt waren weniger Nachtschwärmer vor ihr und sie wendete sich zurück, als sie erneut jemand anrempelte.

Genervt wollte sie die Person anschreien, als ein Junge, der sicher einen Kopf kleiner als sie war, ihr die Handtasche entriss und damit davon rannte.

„Du Arsch!", brüllte sie und flitzte ihm hinterher.

In ihren Sandalen war sie schnell genug.

## 2. Kapitel
# Ein unbedachter Wunsch

*B*eschwingt tanzte Aurelia, im kurzen Kleid und die Schuhe in der Hand, durch die Mainacht. Die Party war echt der Hammer gewesen und das kleine Stelldichein mit einem der Gäste in einem Hinterzimmer hatte ihr auch mehr als gefallen.

Im Moment spürte Aurelia die kühle Luft der Nacht nicht, weil die Gefühle sie immer noch aufgeheizt hatten.

Vor dem Eingang ihres Hauses hopste sie im Gras um eine Laterne, bevor sie den Schlüssel aus der Handtasche zog, aufschloss und singend die Treppe zu ihrer Wohnung hinauflief, die sie zusammen mit ihrer Partnerin Daria nun schon eine Weile bewohnte.

Als sie gerade die Wohnung aufschließen wollte, riss Daria von innen die Tür auf.

„Das hätte ich mir denken können! Weißt du, wie spät es ist?"

„Hallo Daria. Kurz vor Mitternacht?"

„So in etwa und wann wolltest du da sein?", keifte Daria regelrecht.

„Mach dir nicht in deinen Schlüpfer!"

Aurelia tanzte in die Wohnung und ließ die Frau einfach im Flur stehen. Vor dem Kinderzimmer stellte sie ihre Schuhe ab und schlich auf Zehenspitzen in den Raum.

Beide Töchter schliefen schon in ihren Betten und so gab es nur jeweils einen Kuss auf die Stirn. Zuerst bei der dreijährigen Sofie und danach bei der ein Jahr jüngeren Ruth.

Im Umdrehen sah Aurelia zu Daria, die mit verschränkten Armen in der Tür stand. Sie wollte sicher die Kinder nicht wecken, aber der Blick der Freundin sagte eigentlich alles.

Einen Augenblick später stand Aurelia im Flur, die Tür war zu und das Donnerwetter ging los. Mit in die Seite gestützten Armen und in, wegen der schlafenden Mädchen, gedämpfter Tonhöhe zog Daria über sie her.

Aurelia wendete sich genervt von ihr ab und ging in die Stube, die schimpfende Freundin folgte ihr und mit jedem Schritt wurde sie lauter.

„Du solltest dir eine Windel von Ruth umbinden!", entgegnete Aurelia gereizt, denn die ganze schöne Energie der Party ging einfach so dahin.

Daria schnappte nach Luft, während sich Aurelia in den Sessel fallen ließ.

Nun prasselte eine Schimpfkanonade von Daria auf sie herab, doch Aurelia hörte einfach nicht mehr hin.

Natürlich war es unfair gewesen, die Freundin nicht darüber zu informieren, dass es länger dauern würde, aber es hatte sich nun mal so ergeben.

Geduldig wartet Aurelia und antwortete in einer Pause „Ich kann nicht einfach so anrufen, während Andrew in mir steckt. Das wirst du doch wohl einsehen? Oder?" Vermutlich hatte der Sekt sie zu dieser Antwort verführt, denn schon einen Augenblick später fluchte sie Innerlich darüber.

Nun begann Daria auch noch Aurelias Lebenswandel zu kritisieren und dabei war das doch gar kein Wandel.

Seit sie sich nun mehr wie ein Mensch und nicht mehr als Engel fühlte, war sie nun einmal so.

Sie war ständig auf der Suche nach der Liebe. Und das in jeglicher Form!

Die zweitausend Jahre zuvor hatte sie die Liebe unter die Menschen gebracht und nun wollte sie diese selbst erleben.

Was gab es daran auszusetzen?

Gelassen schlug sie die Beine übereinander und wartete das Ende der Predigt ab. Allerdings schien Daria sich nun langsam auf sie einzuschießen. Die Freundin begann alle Eskapaden der letzten Woche aufzuzählen und da Aurelia ihr immer alles erzählte, war da auch eine ganz schöne Menge zusammengekommen, wie Aurelia gerade feststellten musste.

Sieben Tage, zehn Männer!

Aurelias Gedanken schweiften ab. Wieder dachte sie an Andrew. „Du mit deiner ewigen Eifersucht", sagte sie leise.

„Liebst du mich eigentlich noch?"

„Ja! Aber alle anderen liebe ich auch!" Das war vermutlich erneut die falsche Antwort gewesen und der daraufhin losbrechende Wortsturm weckte Ruth.

Aurelia machte sich auf den Weg, um das weinende Kind zu beruhigen.

Dass Aurelia die Tochter in ihrem Arm hatte, beruhigte Daria für einen Moment, doch die Wut der Partnerin war noch lange nicht verflogen.

Aurelia  konnte es in den Augen der Frau sehen. „Gehe schon mal in dein Bett. Ich komme dann", versuchte sie nun Darias Wut abzufangen. Und wieder war es das Falsche am falschen Platz.

„Du bist doch schon gekommen! Sicherlich mehrmals. Dank Andrew!"

„Und was machst du, wenn du auf deinen Fotosessions bist? Rumvögeln mit dem Fotografen!"

„Das war nur ein einziges Mal!", entrüstete sich Daria. „Lenke nicht von dir ab!", begann sie nun zu toben und das weckte zusätzlich auch noch Sofie.

Mit einem Kind in jedem Arm musste Aurelia den Anfall der Freundin über sich ergehen lassen, doch sie spürte, wie langsam die Wut über sie in ihr aufstieg. „Hau doch ab!", sagte Aurelia.

Daria drehte sich zum Flur, Ruth beruhigte sich und Aurelia legte die Tochter in das Bettchen. Auch Sofie schlief schnell wieder ein.

Immer stärker wurde der Zorn auf Daria und Aurelia wusste nicht, was sie dagegen tun konnte. Das war der erste ernsthafte Streit zwischen ihnen, obwohl es in der letzten Zeit öfters Reibereien gegeben hatte, wie Aurelia gerade feststellte.

Noch immer stand Daria regungslos im Flur vor dem Kinderzimmer, aber mit der Seite zu Aurelia. „Vielleicht sollte ich wirklich gehen!", sagte Daria laut.

Aurelias Herz krampfte sich bei diesen Worten zusammen. Mit aller Kraft, und noch nie erlebten Zorn, brüllte sie „Ich wünschte, der Teufel würde dich holen!"

Sie trat einen Schritt auf Daria zu, als direkt vor ihr die Wohnung explodierte und Aurelia mit der Druckwelle in die Ecke des Kinderzimmers flog.

Als Aurelia mit dem Kopf gegen die Wand des Zimmers prallte, wurde es schwarz vor ihren Augen.

Mit Kopfschmerzen erwachte der sie wieder und das Zimmer war verwüstet, zumindest der vordere Teil. Der Bereich, in welchem die Kinderbetten standen, der hatte zum Glück offenbar nichts abbekommen.

Aurelia quälte sich hoch und torkelte zu den beiden Kindern.

Beide Kinder schliefen und ein Stein fiel ihr vom Herzen. Bis sie sah, dass der Ursprungsort der Detonation genau der Standort von Daria gewesen war.

Vor Angst krampfte sich ihr Herz zusammen.

Schwankend trat sie in den Flur und rief „Daria?" Aber sie erhielt keine Antwort. Dafür stürmte gerade ein Feuerwehrmann in voller Montur durch die zersplitternde Eingangstür.

„Wo brennt es?", brüllte er Aurelia an, aber der Rauch verzog sich gerade durch das offene Wohnzimmerfenster.

„Hier brennt es nicht!", entgegnete Aurelia, aber der Feuerwehrmann wollte trotzdem alles kontrollieren.

Als er ein paar Minuten später wieder das Zimmer verließ, stand Aurelia im Flur und sah die kreisrunde Stelle an, auf der Daria gerade eben noch gestanden hatte.

Was war geschehen und wo war die Freundin hin?

Die Sorge fraß die Wut auf. „Lilith!", schrie Aurelia in ihrem Schmerz.

## 3. Kapitel

# Schreie im Park

Knatternd bog das Moped in die Gasse ab. Wieder hatte Julian eine Pizza ausgeliefert. Die letzten Meter, dann schob er sein Gefährt in den Hinterhof. Die bunt bemalte Kiste auf dem Gepäckträger trug die Aufschrift der Pizzeria, in der er arbeitete und über der er auch noch schlief.

Julians Schicht hatte erst vor einer Stunde begonnen und würde sicher bis weit nach Mitternacht dauern. So manche Pizza hatte er früher auch schon im Morgengrauen serviert. Da holte ihn Alfredo dann immer noch mal schnell aus dem Bett.

Gähnend betrat er das Lokal, denn noch war er nicht richtig munter.

Seit mehr als einem Jahr war er hier und in dieser Zeit fast zu einem Nachtmenschen geworden.

Aber eben nur fast, denn er lernte am Tag dafür, sein Abitur irgendwann nachzuholen und danach zu studieren.

Und bis dahin sparte er das Geld, das ihm Alfredo als Lohn für die Arbeit gab, und hauste eben in der winzigen Kammer über dem Laden, denn dafür brauchte er keine Miete zu zahlen und das war doch schon mal was.

Mitunter fiel sogar noch ein Stück Pizza ab. So wie jetzt. Alfredo kam mit einem Teller zu ihm. „Eine Frau hat gerade nur die Hälfte gegessen. Die Pizza ist sogar noch heiß und du schmales Hemd kannst es doch sicher vertragen!"

„Danke Alfredo!" Wie immer hänselte ihn der Wirt für sein Aussehen, aber er war nun mal ein Bücherwurm.

Julian war schnell, aber er hatte nicht viele Muskeln. Er war lang gewachsen und hatte einen, wie er meinte, wachen Verstand. Und Julian hatte Ahnung von Zahlen, wie er jeden Ersten des neuen Monats bei der Buchhaltung von Alfredo immer wieder unter Beweis stellen konnte.

„Bringst du mir noch eine Cola?" Er hatte es mit vollem Mund hinterhergerufen, aber Alfredo hatte ihn auch so verstanden. Hier galt es schnell zu essen, denn die nächste Bestellung konnte jeden Moment eintreffen und da musste er wieder los.

Genau in dem Moment, in dem Julian die kalte Cola in der Hand hielt, klingelte auch schon wieder das Telefon.

Während der Wirt die vorgefertigte Pizza in den Ofen schob, schlang Julian die halbe Pizza in sich hinein.

Die Anschrift lag schon vor ihm auf dem Tisch und Julian überschlug seinen Fahrweg zu der Adresse. Um dorthin zu gelangen musste er durch die größte Menschenmenge, oder er nahm die Abkürzung durch den Park.

Dieser Weg sparte ihm eine viertel Stunde und erhöhte sein Trinkgeld.

Je schneller er wieder zurück war, desto mehr konnte Alfredo mit seinen Pizzen verdienen. Und entsprechend mehr Trinkgeld erhielt dann auch Julian.

Ein einfaches Geschäft für sie beide.

Für diese Tour würde er durch den Giardino Della Gherardesca, den Park des Hotel Firenze, fahren, aber er war schnell und bisher hatte ihn noch keiner der Aufpasser dort schnappen können.

Alfredo schob ihm die Schachtel auf den Tisch „Auf geht es", sagte der Wirt, aber da war Julian schon auf dem Sprung.

Julians Moped knatterte vom Hof, schlängelte sich durch die Menschenmenge und flog seinem Ziel entgegen.

Die Vespa gab ihr Bestes und die schimpfenden Passanten waren Julian im Moment völlig egal.

Schon nach kurzer Strecke hatte er den Park erreicht.

Auf den Sandwegen jagte er dahin. Das Licht riss dabei nur einen schmalen Streifen aus der Dunkelheit.

Julian hoffte nur, dass an diesem Abend kein Besucher des Hotels noch einen Spaziergang in der Finsternis versuchte, denn dann würde es wohl zwangsläufig zu einem Zusammenstoß kommen.

Im letzten Jahr hatte er hier fast ein Pärchen angefahren, das sich mitten auf dem Weg geliebt hatte.

Verrückte Touristen!

Ein paar Meter daneben hatte sich eine Bank befunden.

Und als hätte er es gewusst, sah er eine junge Frau, die durch sein Licht rannte. Gerade noch im letzten Moment riss er das Moped zur Seite, um sie nicht anzufahren, doch der Sturz war nicht zu vermeiden.

Der Motor verstummte sofort und Julian hörte den Schrei der Frau aus der Dunkelheit. Doch das klang nicht so, als würde sie mit ihm schimpfen, sondern es klang panisch und wie in Todesangst.

Julian sprang auf das Moped und jagte ihr hinterher. Nun führte ihn sein Weg quer durch die Rabatte.

Die Parkverwaltung würde sicher am nächsten Tag eine Ermittlung starten, aber er musste sie einholen, denn er hatte die Angst in ihrer Stimme gehört.

Wo kam auf einmal dieser Mut bei ihm her?

Was war der Frau geschehen?

Im Lichtkegel sah Julian ein paar Männer, die von der Seite gerannt kamen. Offensichtlich verfolgten sie die Frau!

Julian gab Gas und sauste an ihnen vorbei. Irgendwo vor ihm musste die Frau sein. Das Motorengeräusch überdeckte im Moment ihre Schreie, aber sie würde das Moped doch sicherlich hören.

Links vor sich sah Julian eine weiße Jacke, auf die er nun zuhielt. Neben der Frau bremste er und rief „Steig auf! Schnell!"

Sie zögerte nicht einen Wimpernschlag und mit ihr auf dem Sozius jagte er der Stadt wieder entgegen.

Drei Minuten später bremste er auf einer Straße unter einer Laterne. „Geht es dir gut?", fragte er und drehte den Kopf halb nach hinten. Er sah den panischen Blick in ihren Augen, der nur langsam wieder aus ihrem Gesicht verschwand.

Nun blickte sie sich um, aber hinter ihnen war niemand mehr zu sehen. „Danke dir. Ja. Alles gut! Nur die Tasche", stotterte sie.

Julian stellte den Motor ab und fragte „Wo wolltest du eigentlich hin?"

„Dahin, wo was los ist!", entgegnete sie mit zitternder Stimme.

„Das hättest du beinahe. Die waren nicht nur nach deiner Tasche aus!"

„Das habe ich auch gemerkt!" Dabei zupfte sie an ihrem zerrissenen Rock.

„Ich muss erst mal eine Pizza ausliefern und danach kann ich dich fahren!", sagte Julian. Nickend stimmte sie ihm zu und er fuhr los.

Ein paar Häuserblocks später brachte Julian die Pizza, immer noch heiß, zu ihrem neuen Besitzer. Das Trinkgeld war gut.

Bei seiner Rückkehr stand sie neben dem Moped und sah an sich herunter. „Das hätte schiefgehen können und dabei wollte ich doch nur zu einer Party."

„Wohin soll ich dich nun bringen? Zu einer Party?"

„Nein! Mir ist gerade der Spaß daran vergangen. Ich danke dir!" Sie nannte die Adresse und Julian kniete sich vor sein Moped, um es zu überprüfen.

Einer der Blinker war bei dem Sturz beschädigt worden. Das Trinkgeld war damit futsch. „Mist!", seufzte Julian.

„Ich könnte es dir ersetzen, wenn ich noch meine Tasche hätte!"

„Sei froh, dass du noch dein Leben hast. Nachts, alleine im Park!"

Sie schluckte und er stand auf. Erst jetzt sah er sie richtig an. Hübsch war sie, aber wie jede andere Frau würde auch sie sich nicht für ihn interessieren. Höchstens noch für ein Selfie mit ihr, zur Erinnerung. „Ich bringe dich heim. Kann ich ein Foto von dir machen?"

„Ja, wie sehe ich aus?"

„Lebendig!" Sie lächelte und er machte das Foto. Ein Kuss auf die Wange von ihr war noch ein zusätzlicher Lohn. Knatternd fuhren sie wieder zurück durch die Nacht.

## 4. Kapitel
# Dämonenwege

Lilith stand im Flur. Gerade erst war die Dämonin erschienen und Aurelia kniete im Kinderzimmer. Aus lauter Verzweiflung heraus hatte sie damit angefangen, dass Spielzeug nach Farben zu sortieren.

„Was ist denn hier passiert?", fragte Lilith.

„Ich weiß es nicht! Daria ist einfach so vor meinen Augen explodiert!"

„Menschen explodieren nicht einfach so. Glaub mir, ich bin über fünftausend Jahre alt und so etwas habe ich noch nie gehört!"

Aurelia ließ die Puppe fallen, die sie gerade in den Stapel der roten Spielzeuge einsortieren wollte, erhob sich und ging auf die Dämonin zu. Die Mutter nahm sie in den Arm und diese Berührung löste bei Aurelia einen Strom der Tränen aus.

Eine ganze Weile lang hielt die Mutter sie einfach im Arm, bis sich Aurelia an der Schulter der Dämonin ausgeweint hatte.

„Erzähle! Was ist passiert? Was ist das letzte, an das du dich vor der Explosion erinnern kannst! Hat es nach Gas gerochen?", fragte Lilith.

„Nein. Wir hatten einen schlimmen Streit!"

„Das erklärt aber nicht dieses Chaos. Bei einem Streit wirft man vielleicht eine Vase an die

Wand, aber man explodiert da nicht. Dieses vor Wut platzen ist nur eine Redewendung. Also was ist geschehen?"

Aurelia blickte sich erneut um. „Ich kann es dir nicht sagen, aber bis auf die Kopfschmerzen ist mir nichts passiert und ich stand nur etwa zwei Meter von Daria entfernt."

Nun sah sich die Dämonin überall um. Aurelia schloss leise die Tür des Kinderzimmers und folgte Lilith danach bei deren Rundgang.

„Hier ist nicht ein Stück von Daria. Kein Blut, nichts! Bei einer Explosion sollte etwas übrig bleiben, zumal du ja neben ihr gestanden hast! Ich verstehe das nicht!"

Die Dämonin setzte sich in die Stube auf den Sessel, auf dem Aurelia zuvor die Beschimpfungen von Daria über sich hatte ergehen lassen. Sie zeigte auf den anderen Sessel und Aurelia ließ sich verzweifelt darauf fallen.

Aurelia versuchte in Gedanken zusammenzuzählen, was passiert war, aber sie fand keine Antwort.

„Also von vorn! Was ist geschehen? Beginne einfach mit dem Betreten der Wohnung heute Abend!", drang nun Lilith wieder auf sie ein.

Aurelia begann stockend die Geschehnisse zusammenzufassen. Immer wieder dachte sie kurz nach und erzählte danach weiter.

Der Alkohol war nun auch aus ihrem Kopf. Die Ereignisse hatten sie schlagartig nüchtern werden lassen.

Als Aurelia mit ihrer Schilderung an dem Zeitpunkt der Explosion angekommen war, fragte Lilith sie „Dein genauer Wortlaut!"

„Ich wünschte, der Teufel würde dich holen, oder so ähnlich."

„Das erklärt so einiges!"

„Was?"

„Es ist genau das passiert, was du dir gewünscht hast!", sagte die Dämonin.

„Das glaube ich nicht. Andrew hat vorhin dasselbe gesagt, als sein Chef ihn kurz vor dem Orgasmus von mir geholt hat. Da ist auch nichts passiert!", erklärte Aurelia.

„Andrew ist ein Mensch! Du bist ein Engel!"

„Ich habe mir schon so oft etwas gewünscht und nichts ist passiert!", setzte Aurelia der Dämonin entgegen und erhob sich aus dem Sessel.

An der Tür zum Flur stehen fragte sie „Meinst du wirklich? Der Teufel hat sie geholt?" Aurelia drehte sich zu der Dämonin zurück, die wortlos nickte.

„Du warst sicher so voller Zorn, dass sich dein Verlangen sofort materialisiert hat. Bei Andrew dauert es sicher ein paar Jahre länger, bis sein unbedacht ausgesprochener Wunsch in Erfüllung geht!"

„Ich will sie zurück! Du musst etwas tun!", bat Aurelia.

„Ich kann nicht! Es war dein Begehr!"

„Lieber Gott! Ich wünsche mir Daria sofort zurück zu mir!"

„So funktioniert das nicht!", sagte die Dämonin und erhob sich seufzend aus ihrem Sessel.

„Was kann ich tun?", fragte Aurelia verzweifelt.

„Warte hier! Ich gehe mich mal informieren!" Lilith verschwand und ließ die ratlose Aurelia in der Wohnung zurück.

„Was habe ich getan!", stöhnte Aurelia auf und erneut liefen die Tränen über ihre Wangen.

Unendliche Augenblicke später erschien die Dämonin wieder in der Wohnstube.

„Und?", fragte Aurelia.

„Ja! Er hat sie in seiner Macht!"

„Oh Gott! Was kann ich tun?", stöhnte Aurelia auf.

„Es gibt nur einen Weg! Du musst zu Luzifer und ihn um die Seele deiner Freundin bitten. Wenn du Glück hast, was ich für ziemlich unwahrscheinlich halte, dann gibt er die Seele wieder frei", erklärte ihr die Dämonin.

„Du kannst einem ja Mut machen!"

„In den letzten fünftausend Jahren ist das nur zwei Mal geglückt!"

„Also knie ich mich hier hin und bitte ihn jetzt!", erklärte Aurelia, aber die Dämonin stoppte sie sofort.

„Nicht hier! Du musst zu ihm persönlich!"

„In die Hölle?", fragte Aurelia.

„Nicht ganz! Hier hin!", sagte Lilith und drückte ihr einen Zettel in die Hand.

„Florenz?", fragte Aurelia, nach dem Studium der Anschrift. „Bringst du mich hin?"

„Nein! Ich darf nicht mit ihm in derselben Stadt sein, da geschehen sonst furchtbare Dinge!"

„Was zum Beispiel?", fragte Aurelia ungläubig nach.

„Beim letzten Mal brach die Pest aus! Ich habe dir die Fahrkarte schon besorgt und ich passe in der Zeit auf deine Kinder auf!"

„Danke dir!"

„Gib mir dein Telefon und alle persönlichen Dinge!", erklärte die Dämonin jetzt.

„Warum?"

„Frage nicht! Gib her!" Die Dämonin hielt fordernd ihre Hand auf.

Nur widerwillig legte Aurelia das Telefon in die Hand der Mutter. „Wenn ich dich dort brauche, kann ich dich dann rufen?"

„Hatte ich dir das nicht erklärt? Willst du eine Pandemie riskieren, um mich etwas zu fragen?"

„Nein", entgegnete Aurelia kleinlaut. Nun sah sie auf die Fahrkarte.

„Morgen Nachmittag fährst du los! Falsch! Heute Nachmittag!", sagte Lilith, mit dem Blick auf die Wohnzimmeruhr.

„Ich hoffe, es war die Sache wert!", setzte die Dämonin vorwurfsvoll hinzu.

„Nicht wirklich!", antwortete Aurelia und schluckte die Tränen herunter. Offensichtlich merkte Lilith nun, dass sie mit der Bemerkung zu weit gegangen war, denn sie nahm Aurelia erneut tröstend in den Arm.

„Sei dir des Risikos stets bewusst! Du lässt dich mit dem Teufel auf einen Handel ein! Luzifer ist unberechenbar und du brauchst viel Glück, um eine Abmachung mit ihm zu erhalten."

Eine ganze Weile hielt die Mutter sie einfach so im Arm.

„Aber ich bin mir sicher, dass du das schaffst! Wenn es eine schaffen kann, dann bis du das!", sagte Lilith. „Ruhe dich noch etwas aus, ich bleibe die Nacht bei dir!", setzte die Dämonin noch hinzu.

„Ich glaube nicht, dass ich schlafen kann! Es schmerzt zu sehr. Warum hast du damals mein Herz geweckt? Ich wollte die Liebe kennenlernen! Nun kenne ich die Trauer!", stöhnte Aurelia auf

„Schlaf, meine Tochter!", säuselte Lilith und Aurelias Augen schlossen sich.

Aurelia spürte noch, wie sie in sich zusammenrutschte und dann war alles um sie herum still.

## 5. Kapitel
# Noch nicht ganz Frau

ine Woche Stubenarrest war das Ergebnis des nächtlichen Ausfluges, aber es hätte schlimmer kommen können. Seit Stunden lag Romina nun schon mit den Kopfhörern auf den Ohren in ihrem Bett.

Es war der nächste Tag, draußen schien die Sonne und es sah so aus, als ob sie Romina Auslachen wollte. Die laute Musik sollte eigentlich dafür sorgen, dass sie nicht so viel nachdenken würde, trotzdem sausten Rominas Gedanken immer wieder zu dem vergangenen Abend zurück.

Es war idiotisch gewesen, dem Jungen hinterherzulaufen. Für die Handtasche mit dem Telefon und dem Lippenstift hatte sie ihr Leben riskiert, denn die Kreditkarte war schnell gesperrt gewesen.

In ihren Gedanken sah sie die Situation wieder vor sich. Romina hatte den Jungen fast erreicht, als sie in eine Gruppe von betrunkenen Männern gelaufen war.

Im Dunkel der Nacht war plötzlich ihr Rock in Fetzen gegangen. Einer der Männer hatte versucht, sie zu küssen und ein anderer hatte ihre entblößte Brust in der Hand gehabt.

Erst in diesem Moment hatte sie mit Erschrecken realisiert, dass der Ausflug nun zu einem Kampf um ihr Leben oder ihre Jungfräulichkeit wurde.

Auf das zweite hätte sie gern verzichtet, aber nicht auf eine solche Art!

Zum Glück war Romina eine schnelle Läuferin und sie hatte Sandalen angehabt. Die täglichen Übungsstunden auf dem Laufband im Keller hatten sich gelohnt und die Angst hatte sie zusätzlich angetrieben.

Dann war ihr Retter aus der Dunkelheit erschienen.

Wie ein Prinz auf einem weißen Ross. Nur das es ein Pizzabote auf einer weißen Vespa gewesen war.

Julian!

Ihre Lippen formten lautlos seinen Namen. Er hatte sie durch die Nacht gebracht und zum Abschied hatte sie ihm hundert Euro für das ihretwegen zerstörte Blinklicht gegeben. Einer der Sicherheitsmänner am Tor des Palastes hatte ihr das Geld ausgelegt.

Eine Weile hatte sie ihm noch nachgesehen, bis er wieder im Trubel der Stadt verschwunden war.

Nun lag sie hier und dachte an ihn zurück. Es hatte sich auf dem Moped gut angefühlt. An ihn angeschmiegt war die Angst schnell verschwunden.

Was blieb von diesem Abend? Eine weiße Strickjacke, der Geschmack von Pizza in ihrem Mund und der Blick seiner Augen!

Das war etwas, was in ihr Tagebuch musste!

Unbedingt!

Mit dem Stift malte sie ein Herz um seinen Namen. „Mein Held!", sagte sie laut durch die Musik und küsste das Herz.

Sich auf den Rücken drehend zog Romina das Buch an ihre Brust und holte sich sein Gesicht zurück.

Ein Foto hatte sie nicht, weil das Handy zum Zeitpunkt des Zusammentreffens schon geklaut gewesen war. Vielleicht hätte sie einen der Wachleute um dessen Handy bitten sollen?

Oder hatte die Sicherheitskamera ein Bild gemacht? Sicherlich!

Romina zuckte hoch. Die Verabschiedung vor dem Palast musste doch aufgezeichnet worden sein!

Waren die Aufnahmen schon gelöscht?

„Hoffentlich nicht!", rief sie aus, sprang von ihrem Bett und wurde vom Kabel des Kopfhörers zurückgerissen.

Einen Moment später war Romina, trotz Stubenarrest, auf dem Weg nach unten, wo sich im Keller die Zentrale der Sicherheitsmänner befand.

Rennend eilte sie dem Löschvorgang der Bilder entgegen.

Die Tür des Raumes war direkt neben dem Eingang zum Fitnesskeller, in dem der Vater gerade trainierte und missbilligend die Augenbrauen zusammenzog, weil sie mit ihrem Aufenthalt im Keller gerade gegen seine Auflagen verstieß.

Aber Vaters Zorn war ihr gerade völlig egal, sie brauchte dieses Bild!

Romina stürmte so in den Raum, das die beiden Männer darin einen Überfall vermuteten und schon zu ihren Waffen griffen.

Schnell hatte sie ihr Anliegen erklärt und einer der Männer überspielte danach die Aufzeichnung ihrer Ankunft auf eine CD.

Mit dieser Silberscheibe lief sie freudestrahlend zurück zu ihrem Zimmer.

Nun flimmerte schon eine Stunde lang die Aufnahme ihre Ankunft als Dauerschleife auf dem Fernseher in ihrem Zimmer.

Immer wieder diese fünf Minuten.

Wie er dasteht, sie ansieht, sich für den Schein überschwänglich mit einem Kuss bedankt und danach wieder abfährt.

Romina zog sich die Strickjacke über und wickelte sich in dem warmen Zimmer in das Kleidungsstück, das seinen Rücken berührt hatte.

Versonnen sah sie das Standbild im Fernseher: der Moment des Kusses! Des ersten richtigen Kusses in ihrem Leben!

Romina spürte es wieder, auch wenn es nur kurz gewesen war. Dieses warme und schöne Gefühl.

War das Liebe?

Romina wusste es nicht. Sie wusste gar nichts! Nichts von Jungs, nichts von Mädchen. Nur etwas von Bienen und Blumen, was Vater ihr vor Jahren einmal erzählt hatte.

Und etwas von den Dingen, die man im Internet fand, aber beides fühlte sich falsch an.

Romina war keine Blume! Sie war eine Frau!

Fast!

Ein kleines Stückchen Haut machte den Unterschied, zwischen Mädchen und Frau. Das hatte die Mutter mal ihr gegenüber erwähnt, kurz bevor sie an einer Krankheit gestorben war. Liebend gern würde Romina dieses Stückchen unnütze Haut verlieren.

Vielleicht mit Julian? Beim nächsten Ausflug?

Es würde sicher noch eine Weile dauern, bevor Vater sie wieder aus seiner Obhut lassen würde. Und mit der Gouvernante an der Hand ging so etwas auch nicht.

Die ältere Frau hatte vom Vater einen ganz schönen Schwall von Beschimpfungen für ihr Versagen über sich ergehen lassen müssen und würde damit erst mal eine Weile nicht mehr so unvorsichtig sein.

„Eine ganze Woche!", stöhnte Romina auf. Vielleicht ließ der Vater da mit sich handeln. Romina gab Julians Standbild einen Kuss, schaltete ab und ging zum Essen hinab. Pizza würde es aber sicherlich nicht geben.

Eine Stunde später lag sie erneut in ihrem Bett und der Fernseher war an.

Der Bildschirm zeigte die Ankunft von Julian und ihr in Dauerschleife.

Sehnsüchtig sah sie sich selber und ihrem Retter zu.

Die Tür des Zimmers öffnete sich und die gescholtene Gouvernante blickte zu ihr herein. „Es tut mir leid, dass das so schiefgegangen ist!"

„Macht ja nichts. Du hast es einfach probiert und ich war ja auch mal jung. Ich bin froh, dass dir nichts passiert ist!"

„Dank meines Retters!", entgegnete Romina und blickte wieder zum Bildschirm.

„Brauchst du noch was?"

„Nein. Aber kannst du nicht mal mit meinem Vater reden? Eine Woche scheint mir zu lang!", bat Romina.

„Ich schau mal, was ich machen kann. Gute Nacht", sagte die Gouvernante und die Tür war wieder zu.

Zwar war es noch früh am Abend, aber Romina wollte nur noch in ihrem Bett sein.

Mit dem Blick zum Fernseher träumte sie sich zurück auf den Rücksitz des Mopeds. Mit dem Wind im Haar, so wie am Abend zuvor, an Julians Rücken angelehnt und mit den Händen um seine Hüften.

Das warme Gefühl seines Kusses auf ihren Lippen schlief Romina seelisch ein.

## 6. Kapitel

# Nachtzug nach Florenz

*D*a stand Aurelia nun mit dem Rollkoffer am Griff in der Eingangshalle des Bahnhofes. Warum hatte Lilith sie nicht einfach nach Florenz gebracht? Das hätte bei der Dämonin nur einen Augenblick gedauert und immer noch glaubte Aurelia der Ausrede der Dämonin nicht.

Stattdessen hatte Aurelia nun die Adresse und ein Online-Ticket für den Nachtzug nach Florenz in der Hand.

Das Telefon hatte Lilith ihr auch noch abgenommen und Aurelia konnte nur hoffen, dass die Dämonin wusste, was sie tat, aber wenn man zum Teufel wollte, so war wohl die Wegbeschreibung einer Dämonin der beste Wegweiser dafür.

„Gleis 8a", las Aurelia laut vom Ticket ab und verglich es mit der Anzeige, die über dem Durchgang hing. Zumindest der Anfang der Fahrt stimmte schon mal. Die 15 Minuten Verspätung waren da fast schon geschenkt.

Langsam stieg Aurelia die Treppe hinauf zum Querbahnsteig und sah sich oben um.

Etwas zu essen und zu lesen konnte nicht schaden. Und zum Trinken sollte sie vielleicht auch etwas mitnehmen.

Der Kiosk befand sich direkt neben dem Treppenaufgang und Aurelia wurde schnell im umfangreichen Sortiment fündig.

Sogar für einen Kaffee reichte die Zeit noch und so genehmigte sie sich eine Tasse, denn schlafen würde sie in dieser Nacht sicherlich sowieso nicht können.

Aurelia sorgte sich um Daria und verfluchte sich innerlich dafür, dass sie so ausgerastet war. War das die dunkle Seite in ihr gewesen, von der Lilith ihr oft erzählt hatte?

In einem Engel konnten eben auch Schattenseiten zu finden sein. Vor allem dann, wenn er ein schlagendes Herz besaß.

Einst hatte die Dämonin Aurelia gewarnt, dass ein Herz nicht nur die guten Seiten bringen konnte, sondern auch den Schmerz und nun hatte sie das ganz deutlich gespürt.

Der Kaffee allerdings war köstlich. Es war so eine Art von Vorgeschmack auf Italien!

Aurelia nickte dem Kioskbetreiber zu, nahm ihren Koffer und suchte den Bahnsteig.

Das klappernde Geräusch der Rollen auf dem Weg war nervtötend und erneut fragte sich Aurelia, warum Lilith ihr zwar die Adresse gegeben, sie aber nicht hingebracht hatte. Dann stand sie vor dem Schild und blickte auf die Anzeige.

Nur noch ein paar Minuten musste sie warten und dann würde der Zug einfahren. Sie warf noch einen letzten Blick auf die Reservierung und auf die Wagenanzeige. Wenn sie sich nicht vertan hatte, dann musste der Wagen direkt vor ihr halten.

Aurelia blickte in die eine Richtung des Bahnsteiges und zuckte zusammen, als der Zug aus der anderen Richtung an ihr vorbeifuhr und mit quietschenden Bremsen zum Stehen kam.

Die Eingangstür befand sich, wie erwartet, direkt vor ihr und es war der richtige Wagon.

Lautlos schwang die Tür auf und gab Aurelia den Einstieg frei.

Niemand stieg aus, aber einige Menschen drängten von hinten an sie heran.

Zwei Treppenstufen stieg Aurelia nach oben, danach suchte sie ihr Abteil und wenig später saß sie auf ihrem Platz, hatte das gekaufte Buch in der Hand und den Koffer oben in der Gepäckablage verstaut.

„Los geht es! Daria, ich komme!", sagte sie leise, als die Abteiltür sich öffnete und ein Mann zu ihr hereinkam. Eine Minute später betraten noch zwei junge Frauen das Abteil, dann ruckte der Zug an.

Die Lichter der Stadt verabschiedeten Aurelia und sie musste an ihre Kinder denken. Natürlich würden Sofie und Ruth es bei der Großmutter gut haben, trotzdem fehlten sie ihr schon jetzt.

Nun flogen ihre Gedanken nach Italien. Was kam auf sie zu? Lilith hatte in Rätseln gesprochen und das war Aurelia eigentlich sonst nur von Gabriel gewohnt gewesen. Fragend blickte sie in die Finsternis der Nacht. Am nächsten Morgen, mit der neuen Sonne, sollte sie in Florenz sein.

Zumindest sagte das ihr Ticket so aus.

Damit hatte sie viel Zeit zum Grübeln!

Aurelia vertiefte sich zur Ablenkung in ihre Lektüre, aber das Buch war doch nicht so spannend, wie es das Cover ihr suggeriert hatte. Missmutig klappte Aurelia das Buch nach etwa zwanzig Seiten zu und legte es zur Seite.

Was nun? Doch grübeln und an Daria denken? Warum hatte Lilith sie nicht gewarnt? Hatte sie es nicht gewusst, oder vergessen?

Aber all das waren müßige und nutzlose Gedanken, denn es war nicht Liliths Schuld, dass Daria nun in der Hölle war. Es war ihre!

Die beiden jungen Frauen unterhielten sich angeregt über irgendwelche neuen Handys. Sie saßen sich an der Tür gegenüber und vor Aurelia saß der junge Mann. Mit der in zweitausend Jahren als Liebesengel erworbenen Professionalität taxierte Aurelia den Mann. Er war sportlich gebaut und sehr attraktiv. Gebräunte Haut, kurze schwarze Haare und blaue Augen. Ein einnehmendes Lächeln zierte sein Gesicht. Der Mann wusste offensichtlich um seine Attraktivität.

46

An jedem anderen Abend hätte er genau in ihr Beuteschema gepasst, doch sie war im Kummer wegen Daria. Aurelia ließ ihn unmissverständlich abblitzen, trotzdem versuchte er sie anzubaggern.

Es dauerte sicher eine Stunde, bis er endlich genervt von ihr abließ und sich Aurelia anschließend schlafend stellte. Mit dem Kopf an die Gardine gelehnt, beobachtete sie ihn weiter durch die Wimpern hindurch.

Vielleicht wäre eine Ablenkung nicht schlecht gewesen, doch der Kummer um Daria war einfach zu stark gewesen.

Lächelnd wendete der Mann sich kurz darauf einer der beiden jungen Frauen zu. Die andere schlief nun auch schon, oder tat vielleicht auch nur so.

Die Frau neben Aurelia schien ihm wohl nicht abgeneigt zu sein und bei ihr hatte er schneller Erfolg. Schon nach einer halben Stunde lag seine Hand auf dem nackten Knie der Frau. Schräg durch das Abteil flirteten die beiden ungeniert, aber die beiden anderen Fahrgäste schliefen ja. Oder taten so.

Eine weitere halbe Stunde später verließ die Frau das Abteil und er folgte ihr kurz darauf.

Irgendetwas zog Aurelia hinter dem Pärchen her, aber die beiden waren schon verschwunden, als Aurelia den Gang betreten hatte.

Ein Hinweisschild zeigte den Weg zum Restaurant an und obwohl sie sich ja etwas zu essen mitgenommen hatte, zog sie nun ihr knurrender Magen den Gang entlang.

Hunger verdrängte bei ihr immer schnell den Schmerz.

In dem schwankenden Wagen folgte Aurelia dem Gang. Schummriges Licht fiel aus den kleinen Funzeln über dem Boden. Sie sollten wohl nur den Weg markieren, aber die Fahrgäste in den Abteilen ruhen lassen.

Am Übergang zum nächsten Wagen befand sich die Toilette und eine Seite davon war mit einer weißen Milchglasscheibe versehen. Zwei Schatten waren darauf zu erkennen.

Offensichtlich ein Mann und eine Frau im Kuss vereint. Dass es ihre Reisebegleiter waren, das war anzunehmen. Einen Moment lang blieb Aurelia davor unschlüssig stehen.

Schließlich stützte sich die Frau von innen gegen das Glas und die Abdrücke ihrer beiden Hände waren deutlich zu erkennen. Was nun folgen würde, das wusste Aurelia nur zu gut.

Sie kam sich wie ein Spanner vor, aber etwas hielt sie dort vor diesem Fenster.

Die unbändige Lust sauste wieder durch ihren Schoß. Das dort drin hätte sie sein können! Doch nur einen Wimpernschlag später kam die Sorge um Daria zurück.

Schnell musste Aurelia an etwas anderes denken, um den Schmerz auszuhalten. Zum Glück für sie begann ihr Magen zu knurren und danach zog sie der Hunger fort.

Der leere Bauch forderte sein Recht ein, der unbefriedigte Schoß musste warten.

## 7. Kapitel
# Eine verrückte Idee

Mit Block und Bleistift saß Julian auf dem Platz vor der Skulptur des David, aber er zeichnete nicht diese weltbekannte Figur, sondern er skizzierte seit Stunden nur Rominas Gesicht. In dutzenden verschiedenen Winkeln, so, wie er sie in der Nacht gesehen hatte.

Am Abend zuvor hatte er sie gesucht, aber sie war vermutlich nicht aus ihrem Palast gekommen. Julian wusste ja, wo sie wohnte und damit war es eigentlich illusorisch, weiter an sie zu denken.

Die Prinzessin und der Pizzabote, so etwas konnte noch nicht mal in einem der kitschigen Romane etwas werden, die Mutter früher immer so gern gelesen hatte.

Und dennoch kam Julian nicht von ihr los.

Den hundert Euro Schein, den sie ihm gegeben hatte, den hatte er sorgfältig in ein Heft gelegt und die Reparatur würde er einfach von seinem Trinkgeld bezahlen. Es kam ihm komisch vor, das Geld von ihr anzurühren, denn es war ein Gegenstand den Romina in der Hand gehabt hatte.

Erneut sauste der Stift über das Blatt und die schwarze Linie, die er hinterließ, bildete wiederum ihr Gesicht ab.

Vielleicht war das Zeichnen so eine Art von Bewältigung seines Kummers für sein Herz, denn selbst dann, wenn sie die Tochter von Alfredo gewesen wäre, so würde Julian sich nicht an sie herantrauen.

Frauen und Mädchen waren Rätsel für ihn und noch nie hatte sich eine auch nur länger als fünf Minuten für ihn interessiert.

Doch seit Stunden sauste nun ständig dieser Name durch seinen Kopf: Romina!

Der Trubel des Vormittages war aus seinem Kopf verbannt. Eigentlich hätte er schlafen müssen, aber solange Romina in seinem Kopf war, so lange würde er wohl kaum zur Ruhe kommen.

Ein Moment, eine unerlaubte Abkürzung, hatte sein Leben verändert. Oder eben auch nicht! Alles, was Julian hatte, das war ihr Bild: auf dem Handy, auf dem Papier und im Kopf.

Was konnte er tun?

Julian nahm ein neues weißes Blatt, doch schon wenig später sahen ihn davon ihre Augen an. Dieser Blick war einfach unbeschreiblich. Das musste man malen!

Der Stift sauste über das Papier und schraffierte ihre Gesichtszüge, aber nur auf dem Papier konnte Julian ihr nahe sein!

In der Realität wäre es sicher schiefgegangen. Also warum zeichnete er gerade dieses Bild von ihr?

Julian wusste es nicht, irgendetwas zwang ihn aber dazu, weiterzumalen. Ein innerer Kampf brachte ihre Gestalt auf das Blatt. Selbst auf dem nächsten Blatt sah Julian sie schon, bevor er auch nur den ersten Strich darauf gezeichnet hatte.

Wenn das so weiter ging, dann verlor er noch den Verstand! Oder hatte er den schon an Romina verloren?

Irgendwann war in dem Block keine freie Stelle mehr. Julian hatte sie sicherlich hundert Mal gemalt. Er blätterte den Block durch. Da war sie auch in Positionen, die sie an jenem Abend gar nicht eingenommen hatte.

„Du kannst gut zeichnen", sagte eine junge Frau neben ihm. Julian hob seinen Blick und sie lächelte ihn an. Dann setzte sie hinzu „Ich wünschte, mein Freund würde mir so ein schönes Bild malen. Oder ein paar romantische Zeilen schreiben!"

Hatte sich Julian beim ersten Teil der Rede noch kurz Hoffnung gemacht, war diese beim zweiten Teil sofort wieder zerstört worden.

Die Frau war sehr hübsch. Rothaarig mit Sommersprossen und einer kleinen Stupsnase. Aber sie hatte einen Freund!

Julian erhob sich von der Bank, nickte ihr wortlos zu und schlenderte über den Platz. In seinen Gedanken war er immer noch bei Romina und darin mischte sich nun der Spruch der jungen Frau von gerade eben ein.

Er könnte Romina ein Bild und ein paar Zeilen schicken. Nur wie? Die Sicherheitsleute würden ihn bestimmt nicht einfach so in den Palast lassen und Romina durfte wohl kaum herauskommen.

Unstet schweifte sein Blick umher und blieb am blinkenden Schild einer Pizzeria hängen.

Das war die Lösung!

Er war Pizzabote und Menschen bestellten Pizza. Also bestimmt auch Romina! Wenn er ihr eine Pizza lieferte und in den Karton etwas für sie unter die Pizza legte, dann würden die Leute der Security vielleicht die Nachricht passieren lassen.

Langsam ging es auf den Nachmittag zu. Seine Schicht begann zwar erst abends, aber Alfredo würde ihm sicher kurz das Moped leihen und eine Pizza geben.

Fehlten bloß noch die Botschaft, das Bild und eine Idee, wie er beides vor dem Fett der heißen Pizza bewahren konnte. Überlegend ging er zurück zur Pizzeria.

Grübelnd blickte er nur vor sich hin!

Julian hatte die Idee und das Transportmittel, zumindest würde er beides schnell haben. Es wäre aber schlecht, wenn seine Nachricht zerstört oder unleserlich bei Romina ankommen würde.

An einem Würstchenstand sah er einen Pappteller stehen. Ein Geistesblitz zuckte durch seinen Kopf: wenn man so etwas zwischen Pizza und Karton legte, dann blieb das Fett fern!

Das war die Lösung!

Julian kaufte eine Wurst und nahm diese mitsamt dem Teller mit. Die Wurst war schnell verspeist und der Teller hatte genau die richtige Größe.

Das konnte alles kein Zufall sein!

Bei Alfredo bestellte er eine Pizza zum Mitnehmen, lieh sich das Moped aus, schrieb ein paar Zeilen auf den Boden der Pizzaschachtel und legte die Pizza auf den Teller und diesen in die Kiste.

Perfekt!

Das knatternde Moped machte sich auf den Weg und er war aufgeregt, ob sein Plan funktionieren würde.

Und wenn die Sicherheitsleute ihm die Pizza nicht abnahmen, dann würde er sich etwas anderes einfallen lassen!

Schnell war er an der Tür des Palastes. „Signorina Romina hat diese Pizza gerade bestellt. Kann ich sie liefern?", fragte er aufgeregt.

„Geben sie die mir. Ich bringe sie hoch zu ihr!" Der Sicherheitsmann sah in den Karton, lächelte und ging in das Haus hinein. Der andere Mann fragte „Was bekommst du dafür?" Julian nannte den Preis, denn alles andere hätte den Mann stutzig werden lassen.

Mit dem Schein in der Hand ging er zurück zu seinem Moped. Dort angelangt warf Julian noch einen letzten Blick nach oben.

Seine Augen suchten die Fenster ab. Irgendwo da war sie. Würde sie die Zeilen lesen?

Zweifel kamen in ihm hoch. Was wäre, wenn der Mann die Pizza ohne den Karton übergab? Auf einem Teller mit Messer und Gabel?

„Bitte lieber Gott, lass sie die Botschaft lesen", sagte er leise mit einem letzten Blick zum Haus hinauf.

Julian stieg auf das Moped und wollte gerade den Motor starten, da rief Romina von oben „Danke dir!" Sie stand in einer weißen Bluse und Jeans auf einem Balkon in zweiten Stock. Praktisch direkt über ihm.

Er nickte ihr lächelnd zu und fuhr los. Erst auf dem Rückweg fiel ihm ein, dass er zu ihr auch etwas hätte sagen können.

Wieder hatte ihm seine Schüchternheit einen Strich durch die Rechnung gemacht. Hätte er eine Hand freigehabt, er hätte sich selbst geohrfeigt.

## 8. Kapitel
# Luzifers Hütte

*D*ie Fahrt durch die Nacht war ohne irgendwelche Aufregungen vorübergegangen. Während ihre drei Reisebegleiter geschlafen hatten, war Aurelia aus dem Grübeln nicht heraus gekommen. Immer wieder fragte sie sich, was sie hier zu tun versuchte.

Sie sollte Darias Seele von Luzifer erbetteln.

Was würde er sagen? War das nicht vollkommen aussichtslos? Aber hätte es ihr Lilith dann vorgeschlagen?

Es waren unnütze Grübeleien, die nur noch ihre Angst um die Partnerin verstärkt hatten.

Mit einer Stunde Verspätung fuhr der Zug in den Bahnhof ein und wenig später stand Aurelia vor dem Gebäude. Zuerst kam das Frühstück, denn Hunger war bei ihr bisher immer ein schlechter Ratgeber gewesen.

Mit ihrem Koffer rollte Aurelia zu einem kleinen Café, vor dem ein paar Tische auf dem Gehweg standen. Sie ließ sich in einen der Korbsessel fallen, winkte den Ober zu sich und bestellte einen Cappuccino und etwas zum Essen.

In die Sonne blinzelnd beobachtete sie gleichzeitig die Menschen, die an diesem Vormittag durch die Straßen liefen. Von ihren Besuchen in

56

Italien konnte sie immer noch akzentfrei Italienisch reden, aber das war ein paar hundert Jahre her und hoffentlich hatte sich die Sprache nicht wesentlich geändert.

Der Ober hatte sie zumindest verstanden, denn wenig später stand das gewünschte Gericht vor ihr.

Wussten die Menschen hier, dass Luzifer in ihrer Stadt lebte und dass sich hier der Eingang zur Hölle befand?

Es war eine beschauliche Stadt im warmen Frühsommer und eigentlich jetzt am Morgen schon zu warm für ihre Anzugsordnung.

Bei der Abfahrt hatte sie Jeans und Jacke angezogen. Hier würde selbst ein luftiges Sommerkleid zu warm sein.

Ihre Erinnerungen sausten zu ihrem letzten Besuch zurück. Damals hatte Aurelia nur einen Umhang über der nackten Haut getragen, aber das war auch nur kein Problem, wenn man unsichtbar und ein Engel war. Als Mensch musste man Unterwäsche tragen!

Sollte sie sich sofort umziehen? Vielleicht auf der Toilette des Cafés? Gerade war es Vormittag und die Hitze der Sonne würde sicher noch größer werden und wenn sie nicht völlig verschwitzt bei Luzifer erscheinen wollte, dann blieb ihr keine andere Wahl.

Mit ihrem Koffer trat sie in das Gebäude und suchte sich den Weg zu den Toiletten.

Keine zehn Minuten später saß sie in ihren luftigsten Sachen, und mit der Sonnenbrille auf der Nase, wieder auf ihrem Platz. Der Oberkellner sah sie beim Kassieren für einen Moment verdutzt an, lächelte aber dann verstehend.

Nun musste sie die Adresse finden, aber ohne das Handy, und die Routenplanung darauf, wusste sie nicht, wie weit es bis dorthin war.

Befand sich das Haus in der Nähe? Oder am Stadtrand? Aurelia zeigte dem Kellner den Zettel mit der Adresse und der Mann sagte „Das ist schon ein Stück bis dahin. Nehmen sie sich lieber ein Taxi!" Dabei zeigte er auf den Taxistand.

Aurelia bedankte sich, gab ihm ein Trinkgeld und zog das Köfferchen hinter sich her.

Langsam wurde es auf dem Platz voller und das dritte Taxi fuhr ab, bevor sie die kaum hundert Meter gelaufen war.

Das Sommerkleid war eine gute Idee gewesen, denn der Beton des Platzes reflektierte die Wärme und Aurelia spürte die Hitze sogar durch die Sohlen ihrer Sandalen.

War das früher hier auch so heiß gewesen? Es war doch gerade mal Mitte Mai!

Als Aurelia den Taxistand erreicht hatte, stieg ein junger Mann aus dem vordersten Taxi aus, fragte nach der Adresse und verlud ihren Koffer.

Einen Augenblick später, Aurelia hatte sich gerade auf den Rücksitz fallen lassen, da raste er schon davon.

Links - rechts – links und nach der dritten Abzweigung hatte Aurelia schon völlig die Orientierung verloren.

Die Musik dudelte laut aus dem Radio. „Azzurro" von Adriano Celentano erklang, der Fahrer sang lauthals mit und der Himmel über ihr schien derselben Meinung zu sein, denn am Azurblau war nicht eine Wolke zu sehen!

Die rasante Fahrt führte durch Straßen und Gassen und ein paar davon waren so schmal, dass man wohl die Türen nicht aufbekommen hätte, wenn man hier mit dem Fahrzeug stehengeblieben wäre.

Und auch bei dieser eiligen Fahrt sausten Aurelias Gedanken erneut zu ihrem Ziel voraus. Sie fragte sich, wie der Teufel wohl wohnte?

In einer Hütte?

Einer Höhle?

All die Erzählungen über die Hölle kamen ihr wieder in den Sinn, aber Lilith wohnte auch in einem normalen Haus. Waren diese Geschichten von Dämonen und der Hölle nur alle übertrieben?

Oder war das für Aurelia nur anders, weil sie ein Engel war?

Der Wagen bremste abrupt und der Fahrer verkündete, dass sie am Ziel angekommen waren.

Aurelia blickte aus dem Seitenfenster und erkannte den dunklen Eingang einer Höhle. Sie zahlte und der Mann stieg aus. Er öffnete die Kofferraumklappe und stellte den Koffer vor ihr ab. Aurelia kämpfte sich aus dem Auto und drehte sich zum Höhleneingang, um es besser sehen zu können.

„Dort ist es, Signoria!", sagte der Mann und zeigte in die entgegengesetzte Richtung.

Aurelia blickte sich um und erstarrte, denn am Ende einer kurzen Auffahrt erhob sich ein prächtiger Palast. „Das da?", fragte sie verwirrt, doch der Mann nickte, stieg ein und fuhr mit quietschenden Reifen wieder davon.

Nachdem sich der Staub gelegt hatte, war der Palast immer noch da.

Er war gigantisch groß, wunderschön und mit Engelsfiguren neben dem Eingang. Nie im Leben hätte Aurelia gedacht, das Luzifer so wohnen würde. Sie warf einen letzten Blick auf den Zettel von Lilith, aber die Adresse stimmte. Vermutlich hatte die Dämonin dieses Haus vor ihr verschwiegen, um die Überraschung für sie größer zu machen.

Mit dem Koffer rollte Aurelia die Einfahrt hoch.

Am Tor fand sie weder eine Klingel, noch einen Namen. Nur ein Klopfer in der Form eines Teufelskopfes hing dort.

„Na, das war ja klar!", sagte Aurelia leise und griff sich den Klopfer, dann ließ sie ihn gegen die Tür fallen und das ganze Haus schien dadurch zu beben.

Vor Schreck war Aurelia zusammengezuckt und einen Schritt zurückgetreten.

Es dauerte eine ganze Weile, und Aurelia wollte schon ein zweites Mal zum Klopfer greifen, da schwang die Tür auf und ein alter Mann mit einem gütigen Gesicht und grauen Haaren trat in die nun offene Seite des Tores.

Der Alte war ganz sympathisch und sicher nicht das, was man gemeinhin von einem Diener des Teufels erwartet hatte.

„Ich bin Aurelia!", begann sie und wurde sofort mit einer Handbewegung von dem alten Mann gestoppt.

Der Alte trat zur Seite, ergriff etwas und hielt Aurelia ein silbernes Tablett unter die Nase. Ein Umschlag lag darauf und Aurelia nahm das Schreiben an sich.

Ein Blatt Büttenpapier steckte in einem Umschlag. Jemand hatte es mit einer schwungvollen Handschrift und Feder beschrieben.

Aurelia faltete das Papier auseinander und begann zu lesen.

*„Hallo Aurelia.*

*Lilith hat mir deine Ankunft schon angekündigt. Wir sehen uns heute Abend um zehn Uhr. Georg wird dir dein Zimmer zeigen. Frage ihn, wenn du etwas brauchen solltest.*

*Viele Grüße L. "*

Aurelia hätte alles Mögliche erwartet, aber „Viele Grüße"? Perplex blieb sie stehen, ließ den Zettel sinken und der Alte griff nach ihrem Koffer. Anschließend gab er ihr den Weg frei und Aurelia folgt ihm in das Haus.

Von innen schien es noch gewaltiger zu sein, als es der riesige Bau hatte vermuten lassen.

Eine Freitreppe führte nach oben und zu beiden Seiten standen marmorne Götterfiguren aus allen möglichen Religionen.

Aurelia erkannte Thor, Zeus, eine hundeköpfige Figur, eine Indische Göttin und noch ein paar, von denen sie noch nie etwas gehört hatte.

Ohne ein Wort führte Georg sie in das zweite Stockwerk und zeigte ihr ein gemütliches Zimmer, was zwar nicht sehr groß war, aber das Bad nebenan erfüllte alle Wünsche. Es kam Aurelia wie in einem fünf Sterne Hotel mit Wellnessbereich vor.

Georg legte ihren Koffer auf das Bett, zeigte ihr den Klingelknopf am Bett und ging nach einer Verbeugung. Offenbar war er stumm.

Aurelia packte aus, blickte auf die Uhr und betrat erneut das Bad.

Eine schöne Wanne mit Sprudelwasser war jetzt genau das richtige nach der Fahrt.

Zusätzlich musste sich Aurelia auch noch die Worte überlegen, mit denen sie Daria wieder aus der Hölle erlösen konnte. Was sagte man da?

## 9. Kapitel

# Die Liebe ist eine Pizza!

**K**auend saß Romina in ihrem Zimmer und sah sich eine neue Endlosschleife im Fernsehen an. Diesmal war es Julian, wie er die Pizza lieferte. Langsam verspeiste sie diese und las dabei auch immer wieder die Botschaft, die sie fast übersehen hatte.

Es war ein schöner Vierzeiler mit ganz viel Romantik. Einfach zum Dahinschmelzen. Zuerst hatte sie sich gewundert, als der Mann von der Security zu ihr in das Zimmer gekommen war, aber beim Anblick der Pizza war sie sofort auf den Balkon gerannt und hatte Julian noch gesehen!

Wenn sie nur an Julian dachte, so kribbelte es in ihrem Bauch und das war nicht die Pizza.

Konnte es Liebe sein?

Romina nahm sich noch ein Stück! Der Käse zerlief förmlich. Das war die leckerste Pizza, die sie jemals gegessen hatte, aber es war eben auch erst ihre zweite. Aber sie würde es auch immer bleiben, weil Julian sie ihr gebracht hatte.

Und diese Pizza war noch so viel mehr, denn die Adresse der Pizzeria stand auf dem Deckel. Mit Telefonnummer! Damit hatte Romina alles, was sie brauchte, um Julian wiederzufinden. Ein

Anruf würde genügen und Julian würde unter ihrem Fenster stehen.

Noch einmal las Romina die vier Zeilen und angelte sich dabei schon ihr neues Telefon vom Tisch. „Noch etwas Süßes zum Nachtisch!", sagte sie und hatte dabei nicht nur die Nachspeise im Sinn.

Die Telefonnummer war schnell gewählt und das Tiramisu bestellt.

Erwartungsfroh stand sie am Fenster und blickte auf die Straße hinunter. „Komm schon!", murmelte sie und konnte es kaum erwarten, Julian wieder vor sich zu sehen. Oder unter sich.

Endlich erkannte sie das Moped, trat auf den Balkon hinaus und sah von oben zu, wie Julian die Kiste an den Wachmann übergab.

Jetzt war eigentlich der Moment für ein Gespräch.

Jetzt!

Doch der Moment ging fast ungenutzt dahin, denn die Aufregung hatte ihr die Kehle zugeschnürt. Nur ein heißeres „Danke" konnte sie nach unten rufen. Was war hier los? Sonst war sie doch viel gesprächiger!

Keine zwanzig Meter trennten sie voneinander. Eigentlich nur der Zwischenraum vom Balkon zu ihm auf der Straße. Romina hätte hinab springen können, wenn nicht unter ihrem Fenster ein Blumenkübel aus Beton gestanden hätte.

Sehnsüchtig blickte Romina abwärts.

Ungenutzte Augenblicke vergingen!

Schließlich fuhr Julian wieder ab und das Tiramisu stand auf dem Tisch. Diesmal befand sich aber keine Botschaft in der Kiste.

Leider!

Die Leckerei schmeckte hervorragend. Auf dem Bett sitzend, mit einem neuen Film vor den Augen, verspeiste Romina das Tiramisu, das in der Menge eigentlich auch für drei gereicht hätte.

Damit war es aber auch kein Wunder, dass sie sich später den Bauch hielt und ihre Naschsucht verfluchte. Wenn sie beim Essen nicht durch den Film abgelenkt gewesen wäre, dann hätte sie sicher auch nicht so viel gegessen.

Schwer lagen ihr Pizza und Nachspeise im Magen.

Romina hatte irgendwann mal gehört, das Liebe durch den Magen ging, aber im Moment lag die Liebe ihr im Magen. Die Liebe war eine Pizza!

Endlos lief die CD weiter und Romina saß im Bett, mit dem Rücken gegen die Wand gelehnt. So würde sie sicherlich nicht schlafen können, aber das würde ihr auch so nicht gelingen.

Schon in der Nacht zuvor war sie kaum zur Ruhe gekommen. Vielleicht konnte etwas Sport helfen? Zwar nicht gegen das Sehnen nach Julian, aber sicher gegen das Völlegefühl in ihrem Magen. Schnell hatte sich Romina den Sportanzug übergestreift und war auf dem Weg in den Keller.

Mit Musik in den Kopfhörern lief sie mehr wie eine Stunde auf dem Crosstrainer und Julian lief in ihrem Kopf mit.

Verschwitzt stieg sie anschließend wieder auf ihr Zimmer hinauf, wo Vater auf sie gewartet hatte. Romina nutzte die sich bietende Gelegenheit, um für eine Verkürzung des Hausarrestes zu betteln. Mit ihrem Versprechen, eine gute Tochter zu sein, ließ er sich dann doch besänftigen.

Als Vater aus dem, Zimmer ging, bemerkte Romina, dass sie den Fernseher die ganze Zeit angelassen hatte.

Das Standbild auf dem Bildschirm zeigte ihren Kuss!

Das musste Vater auch gesehen haben und dennoch hatte er sie aus dem Arrest freigelassen. Nun ging Romina schnell unter die Dusche.

Das warme Wasser machte schläfrig und Romina schlurfte danach im Nachthemd zu ihrem Bett zurück.

Immer noch war der Geruch der Pizza im Raum. Das war für sie wie ein Parfüm. Noch einmal las sie Julians Worte durch und ein warmes Gefühl der Geborgenheit machte sich in ihrem Bauch breit.

War das Zuneigung, oder Freundschaft, vielleicht sogar Liebe? Romina wusste es nicht, denn so nah war sie noch nie zuvor jemanden gekommen. Aber egal, was es auch immer war, es fühlte sich einfach gut an, wenn sie nur an Julian dachte.

Ein Druck auf die Fernbedienung und sein Bild flimmerte wieder vor ihren Augen.

Romina hätte jetzt jemanden gebraucht, mit dem sie über alles reden konnte. Eine Freundin! Nicht die Gouvernante, denn von ihr wusste sie ja nicht, wie viel von dem, was sie ihr sagte, sie danach dem Vater erzählen würde, um ihren Job zu behalten.

Durch Rominas Flucht war der Posten der alten Frau sowieso ziemlich wackelig geworden und schon bald würde Romina keine Aufpasserin mehr brauchen.

Jetzt hätte sie die Mutter gebraucht. Oder eine große Schwester.

Aber Mutter war tot und Romina hatte nur zwei große Brüder und mit denen über Herzensangelegenheiten reden? Dann schon lieber mit der Gouvernante!

Das Video half nur bedingt, denn Romina war nicht in seinen Armen! Sie knüllte das Kissen zusammen und zog es sich an ihre Brust. Es war das Gefühl, als würde sie jemanden umarmen.

Nicht ganz dasselbe, wie es sich auf dem Moped angefühlt hatte, aber ähnlich.

Es war so ähnlich, dass sie einschlief und im Traum wieder auf der Vespa war. Ihr Held fuhr mit ihr in den Sonnenuntergang und alles war gut.

Das Telefon riss sie aus dem Schlaf. Eine ihr unbekannte Nummer wurde angezeigt. Sollte sie abnehmen?

Missmutig, wegen des verpassten Traumes, drückte sie auf die Taste und hörte ein „Ich wünsche dir eine gute Nacht!"

Sofort war Romina hellwach, denn es war Julian! Kein Zweifel.

„Ich danke dir", entgegnete sie.

„Ich muss dann gleich wieder los. Wie geht es dir?"

„Die Pizza war lecker und dein Gedicht hat mir sehr gefallen!" Nun entsprang ein kurzes Gespräch, bis Julian wieder fahren musste. Lächelnd legte sich Romina im Bett zurück. Sie hatte einen Freund gefunden!

Vielleicht auch mehr? Wer konnte es ihr erklären?

Zumindest schlief sie lächelnd ein und der Traum setzte sich mit einem Kuss fort, den sie von Julian erhielt. So, wie sie ihn zwei Tage zuvor geküsst hatte.

Alles war gut. Das warme Gefühl in ihrem Bauch blieb und diesmal kam es nicht von der Pizza. Es konnte die Liebe sein!

## 10. Kapitel

# Der Herr der Hölle

Langsam senkte sich die Dunkelheit vor dem Fenstern herab und mit jeder Minute schlug Aurelias Herz schneller. Georg hatte sie mit einem äußerst leckerem Essen zum Mittag versorgt und das Bad im Whirlpool war auch sehr schön gewesen, aber immer wieder schob sich die Erkenntnis in ihrem Kopf nach vorn, dass sie hier im Hause von Luzifer wohnte.

Aurelia musste auf Knien bei ihm um die Seele ihrer Freundin betteln und es war nicht abzusehen, ob er ihr die Geliebte zurückgab.

Zuerst ging es aber darum, einen möglichst guten Eindruck auf ihn zu machen. Was zog sie da an?

Der kleine Koffer hatte Aurelia nicht viel Platz geboten und somit war ihre Auswahl begrenzt.

Das leichte Sommerkleid mit den großen Sonnenblumen hatte sie schon auf der Herfahrt getragen. Jeans und Bluse waren auch nicht so ihre erste Wahl und das kleine Schwarze ließ zu viel Haut sehen.

Sollte sie in Sack und Asche vor ihn treten und ihre Tränen sprechen lassen? Das hatten sicher schon tausende arme Seelen zuvor erfolglos versucht.

Aurelia würde ihm mit erhobenem Haupt entgegentreten. Ihren Stolz würde er ihr nicht abnehmen können. Ihre Seele vielleicht!

Noch einmal glitt ihr Blick über die Auswahl an Kleidern.

„Also das blaue Kleid!", sagte sie sich selbst laut, um sich Mut zu machen.

Die Leuchtziffern des Weckers auf ihrem Nachttisch zeigten 21:00 Uhr an und Aurelia hockte auf der Bettkante. Sie war aufgeregt und bereit zum Sprung. Wo war die Angst hin? In sich spürte sie nur noch Neugierde.

Wie sah Luzifer aus? Nach dem Haus und dem Diener konnte sie nicht urteilen, oder doch? Er war ja früher auch mal einer der Erzengel gewesen. Sah er Gabriel ähnlich?

Langsam zählte der Wecker weiter. Unglaublich langsam!

21:15 ... Aurelia ging noch einmal in das Bad, um die Frisur zu kontrollieren. Die Locken lagen perfekt!

21:27 ... Ein neues Parfüm legte sie sich auf und trocknete sich die schwitzenden Hände an einem Handtuch ab.

Unendlich lang dehnten sich die Sekunden und noch immer hatte Aurelia keine passenden Worte gefunden.

21:55 ... Es klopfte und Georg trat in den Raum. Nun galt es.

Im Moment war sie nur gespannt, wie der Teufel aussah. Der Fürst der Finsternis, der Herr der Hölle.

Aurelia sprang vom Bett und verbeugte sich kurz vor Georg, der ihr daraufhin den Weg freigab. Nebeneinander stiegen sie über die Treppe eine Etage tiefer und ein paar Atemzüge später standen sie vor einer Tür, die sicher fünf Meter hoch war.

Ein sehr großer Mann musste hier leben.

Die große Standuhr, die sie bei der Ankunft unten im Eingangsbereich gesehen hatte, schlug dröhnend und Georg schob die Tür auf.

Ein großer Saal tat sich hinter dem Tor vor Aurelia auf und in der Tiefe des gigantischen Raumes stand auf einem Podest ein einzelner Sessel, so wie ein Herrschersitz in früheren Zeiten, aber ein Fürst brauchte eben auch einen Thron.

Und auf diesem erhöhten Platz saß ein Mann in einer Uniform.

Aurelia trat ein, Georg schloss die Tür hinter ihr und blieb neben dem Eingang stehen.

Nun war es ihr Aufgabe, Luzifer zu überzeugen!

Fuß vor Fuß setzend machte sich Aurelia auf den Weg. Hatte sie sich beim Eintreten eigentlich verbeugt? Nein! Vor Georg schon, vor Luzifer nicht.

Unendliche fünfzig Schritte später stand Aurelia ganz klein vor dem Mann, fiel auf die Knie und sagte „Luzifer, Herr der Hölle. Ich bitte dich, gib mir meine Freundin Daria zurück, die ich unwissentlich in deine Hände gewünscht habe!"

Den Blick zum Boden gesenkt wartete sie auf die Antwort von Luzifer.

„Erhebe dich", sagte er mit einer melodischen Stimme. Aurelia hob ihren Blick, sah ihn an und erhob sich.

Er war sehr attraktiv und wenn sie ihn zuvor irgendwo auf der Straße gesehen hätte, dann hätte sie sicherlich mit ihm geflirtet, doch nun hatte er Daria in seiner Gewalt.

Der Mann erhob sich von seinem Sessel und kam zu ihr herunter. Als er vor ihr stand, war er gerade mal einen Kopf größer als sie und er blieb einfach vor ihr stehen.

Nun konnte sie ihn direkt aus der Nähe begutachten, was wohl auch seine Absicht war. Er hatte breite Schultern, schmale Hüften, war in einen guten Anzug gekleidet, der nur auf den ersten Blick wie eine Uniform ausgesehen hatte und er war in ein atemberaubendes Parfüm gehüllt, dass sofort Aurelias Kopf füllte.

Wenn er nicht Luzifer gewesen wäre, dann wäre sie jetzt in seinen Händen geschmolzen. Aurelia spürte, wie ihr die Knie bei seinem Anblick zitterten.

„Lilith hat mir schon viel von dir erzählt", begann er. „Ich würde dich zu einem kleinen, exklusiven Nachtmahl einladen. Dabei können wir reden. Ich habe nicht oft einen Engel zu Gast!", sagte er weiter. Dabei zeigte er auf eine Seitentür, die Georg gerade öffnete und hinter der ein Tisch im Kerzenschein zu sehen war.

„Gern!", sagte Aurelia und er hakte sie einfach unter.

Dieser betörende Duft, der von ihm ausging, raubte ihr fast die Sinne und nur die Angst um Daria hielt sie im Moment davor zurück, sich auf den Mann zu stürzen.

Was machte er gerade mit ihr? Nur sein Duft war in ihrem Kopf und reichte aus, dass sie auf ihn reagierte. Aurelia fühlte, wie ihr Schoß sich öffnete.

Ein paar unsichere Schritte später saßen sie an der Tafel. Nun durch das Holz etwa fünf Meter voneinander getrennt an den beiden Stirnseiten.

Die Entfernung reichte aus, dass sich ihr aufgewühltes Inneres wieder beruhigen konnte. Das

Höschen war trotzdem feucht, was beim Sitzen etwas unangenehm war.

„Du isst hoffentlich Fleisch?", fragte er und winkte Georg zu, der Teller von einem Servierwagen holte.

Aurelia nickte und sah zu dem, was da gerade vor ihr aufgedeckt wurde. Ein fünf Sterne Koch hätte es nicht besser arrangieren können und das Essen duftete herrlich.

Wenn das die Hölle war, dann hatte die Bibel gelogen.

Das Fleisch zerfiel im Mund und hinterließ ein Aroma, das einfach unbeschreiblich war.

„Du möchtest also, dass ich eine Seele wieder aus meinen Krallen lasse?", fragte er sie und Aurelia nickte mit vollem Mund.

„Ja! Meine Freundin Daria!"

„Soso! Und warum sollte ich das tun?", fragte er und hielt Georg sein Weinglas hin, dass dieser mit einem dunkelroten Wein füllte. Es sah fast wie Blut aus.

„Es war mein Fehler. Sie hat das nicht verdient. Ich war eifersüchtig und ungerecht!", entgegnete Aurelia und hielt Georg ebenfalls ihr Glas hin.

„Du weißt doch, dass ich das dunkle Böse bin und niemanden wieder aus der Hölle lasse. Oder aus dem Hades!", sagte er und lachte. Es klang nicht bedrohlich, eher amüsiert.

Betteln war jetzt vermutlich nicht der richtige Ansatz zur Problemlösung! Daher versuchte es Aurelia mit Konversation und damit erst einmal mit einem schnellen Themenwechsel, um den Höllenfürsten umzustimmen.

Vielleicht gab er ja dennoch nach.

„Dieses Haus ist sehr schön!", sagte Aurelia schnell und nippte an dem köstlichen Wein.

„Du hast wohl etwas anderes von mir erwartet?"

„Ja! Ein dunkles Loch, Feuer, Schwefel und so etwas."

Luzifer lachte erneut. „Ich war mal ein Engel und habe auch einen Sinn für Schönes. So wie du!", erklärte er süffisant.

Die zuvor gefundene Annahme bestätigte sich durch seine Ausführungen. „Was ist damals passiert?", fragte sie interessiert.

„Die Menschen haben mir einfach leidgetan. Adam und Eva, die grinsend durch den Garten gingen. Die nichts wussten, nichts begreifen konnten. Ich gab ihnen die Erkenntnis, was möglich ist!"

„Darum deine Verbannung?"

„Ja! Aber es ist keine Verbannung. Ich bin ein Teil von ihm! Ein wichtiger!", dabei zeigte er nach oben.

„Wirklich?", entgegnete Aurelia zweifelnd.

„Nur dann, wenn es das Böse gibt, kann man auch das Gute erkennen!", erklärte er fast schmunzelnd, dann wurde er sofort wieder ernst und setzte fort, „Aber nun zu dir. Wenn du Daria wirklich wiederhaben willst, so gib mir sieben Nächte, die heutige inbegriffen. Du darfst keinen meiner Wünsche ablehnen und nicht Nein zu mir sagen. Wenn du das schaffst, so gebe ich Darias Seele frei. Anderenfalls ist auch deine Seele mein."

Aurelia legte ihren Kopf schräg. Konnte sie das? Sich ihm willenlos unterordnen?

„An den Tagen kannst du machen, was du möchtest, aber ab 22:00 Uhr gehörst du mir. Mit Haut und Haar! Wenn du das nicht akzeptieren kannst, so reise morgen ab. Nimmst du allerdings an, so holt dich Georg morgen Abend. Verspäte dich nicht! Und nun wünsche ich dir eine Gute Nacht." Er erhob sich, verbeugte sich galant und verließ den Raum.

Luzifer gab ihr damit die Zeit zum Überlegen und Georg brachte das Dessert.

Es war lecker und man hätte dafür sterben können.

## 11. Kapitel
# Leid und Liebe

Es war eine lange Nacht der Arbeit und eine kurze des Schlafens für Julian gewesen. Gegen halb fünf hatte er die letzte Pizza ausgefahren. Eine Frau hatte ihm dabei halbnackt die Tür geöffnet und sich mit einem Kuss für die schnelle Lieferung bedankt. Vielleicht wäre da mehr gegangen, aber er war viel zu sehr in Gedanken bei Romina gewesen.

Fünf Stunden des Schlafes später war Julian nun auch wieder wach, obwohl es kein richtiger Schlaf gewesen war.

Am Anfang der Schicht hatte er sich von Alfredo die Nummer geben lassen, von der aus Romina angerufen hatte und später hatte er kurz mit ihr telefoniert.

Es war schön gewesen, ihre Stimme zu hören und er hatte sich sogar getraut, etwas mehr als nur „Hallo" zu sagen.

Verschlafen stapfte er in die Ecke seines Zimmers, in der sich die Duschkabine befand. Julian fragte sich in Gedanken, was er den Tag über machen sollte. Zu ihr fahren? Anrufen? Die Telefonnummer hatte er ja noch.

Julian drehte den Hahn auf, das warme Wasser lief über seinen Rücken und er grübelte weiter nach. Und Julian zweifelte! Sollte er sie wirklich anrufen? Vielleicht wollte sie das auch gar nicht.

Mit Frauen kannte er sich nicht so gut aus und die Mutter hatte ihm früher mal gesagt, dass man bei Frauen zwischen den Zeilen lesen muss. Sie sagen ja, wenn sie nein meinen. Oder vielleicht bei einem ja!

Für ihn war das alles sehr verwirrend.

Sich mit dem Handtuch abtrocknend lief er zurück zu seinem Bett, als vor ihm die Tür aufgerissen wurde und ein Kerl, breit wie ein Schrank, in das Zimmer trat.

Für einen Moment ließ Julian alles durch seinen Kopf sausen, was der Mann ihm vorwerfen konnte. Da blieb nur die Frau in der Nacht. „Ich wollte heute Nacht nichts von ihr. Ich habe ihr nur die Pizza gebracht", sagte er schnell, doch der Mann winkte ab.

„Mein Boss möchte, dass du dich von Romina fern hältst! Er ist dir sehr dankbar, dass du seine Tochter gerettet hast, aber nun solltest du dich zurückziehen!"

„Aha! Und warum?"

„Hast du was an den Ohren?", fragte der Mann und es klang drohend.

Julian wich langsam zurück. Halbnackt und nur mit dem Handtuch um die Hüften zeigte er dem Mann nur zu deutlich, dass er kaum Muskeln hatte. Ein Schlag des Typen würde ihn ganz sicher in das Traumland schicken. Oder ins Krankenhaus!

„Du hast bei meinem Boss einen Wunsch frei. Sage einfach, was du dir wünschst. Einen Ferrari? Etwas Geld? Irgendwas?"

„Einen Abend mit Romina!", sagte irgendeine Stimme aus Julians Mund und er duckte sich sofort weg.

„Du solltest dir die Prinzessin aus dem Kopf schlagen, sonst bekommst du Betonschuhe und wir stellen dich in der Nacht in eine tiefe Stelle des Arno! Da wird dir das Scherzen schnell vergehen!" Der Lederjackenträger kam einen Schritt näher und hielt ihm einen Zettel hin. „Wenn dir ein vernünftiger Wunsch eingefallen ist, dann rufe mich an. Solltest du aber noch mal zu Romina kommen, dann werde ich schon mal den Beton für dich anrühren!"

Eine Minute später war Julian alleine in dem Zimmer. Mit dem Zettel in der Hand dachte er über den Vorschlag nach. Das wäre die Chance für sein Studium! Dieses Angebot versprach genug Geld, damit er endlich Architekt werden könnte!

Wenn der Mann ihm einen Ferrari anbot, dann würde er ihm auch das Studium bezahlen, aber es fühlte sich falsch an.

Julian würde damit die Frau verraten! Aber hatte er nicht selbst schon zuvor gezweifelt, ob das was werden konnte?

Zettel oder Romina? Geld oder Liebe? Oder musste er die Frage anders stellen: Geld oder Beton!

Dieser Kerl würde sicher nicht zögern, seine Drohung wahrzumachen! Das hatte er in den Augen des Mannes gesehen. Wenn man Pizza ausfuhr, dann lernte man es schnell, die Menschen zu erkennen.

Julian konnte an der Körperhaltung sehen, ob er bei jemanden ein Trinkgeld bekam und bei dem Typen von gerade eben, da würde er nur eine Kugel bekommen.

Das Handy klingelte und er sah, dass es Romina war. Sollte er rangehen? Den Tod riskieren für einen unverbindlichen Flirt? Julian zog den Schwanz ein, obwohl der bei dem Gedanken an Romina gerade stand.

Das Telefon verstummte und er sah wieder den Zettel in seiner Hand an.

Auch wenn es mit Romina nicht klappen würde, so fühlte es sich falsch an, das Geld zu nehmen. Julian knüllte den Zettel zusammen und warf ihn in den Papierkorb.

War er verrückt geworden? Warum tat er das? Für sie?

Nein! Für sich! Für seine Ehre, aber für die Ehre konnte man sich nichts kaufen.

Wieder fragte sich Julian, was er nun machen sollte?

Sein Blick fiel auf den Zeichenblock mit den Bildern von Romina. Mit dem Handtuch immer noch um die Hüften setzte er sich auf das Bett.

Blatt für Blatt sah er sich an und es schmerzte, die Bilder zu betrachten und Romina nicht anrufen zu können. Sein Herz krampfte sich bei diesen Gedanken zusammen.

Mit dem Blick zum Papierkorb dachte er an Romina. Sollte er es einfach darauf ankommen lassen?

Mit einer Leiter in ihr Zimmer hinaufsteigen? Das würde die Security sicherlich zu verhindern wissen. Vielleicht konnte er sich in der Stadt mit ihr verabreden? Würde der Typ etwas sagen können, wenn man sich „zufällig" auf der Piazza traf?

Würde er es erfahren? Vielleicht! War ein Kuss das wert?

Julian zog einen neuen Block zu sich, klappte ihn auf und begann erneut zu zeichnen. Der Stift skizzierte den Körper der halbnackten Frau aus der Nacht, allerdings vollständig nackt, und dazu zeichnete Julian den Kopf von Romina. So, wie er sie jetzt gern vor sich sehen wollte.

Seine Fantasie ging dabei mit ihm durch und er steigerte sich immer weiter hinein.

Detailreich wurde diese Zeichnung und er spürte, wie er sich dabei verkrampfte. Sein Glied drückte sich immer fester gegen das Handtuch und dann spürte er, wie er das Tuch pulsierend durchnässte.

Stöhnend löste sich alle Spannung mit dem Blick auf Rominas Körper. Keuchend übergab Julian dem Bild alles, was er Romina geben wollte. Seine Liebe, seine Lust, seinen Samen.

Es dauerte eine Weile, bis er sich beruhigt hatte und sein Herz wieder normal schlug.

Schließlich versteckte er das Bild. Es würde ihm sicher den Abend versüßen. Das Handtuch landete in der Wäsche und er zog sich an. Das Handy blieb im Zimmer und er machte sich mit Block und Stift wieder auf den Weg. Zuerst musste er wissen, ob er wirklich für eine Nacht mit ihr sterben wollte.

Und ob Romina ihn überhaupt bei sich haben wollte.

## 12. Kapitel
# Eine zweite Chance?

Aurelia hatte einfach nur himmlisch geschlafen. Nachdem Luzifer sie verlassen hatte, hatte sie den Rest des Rotweins aus der Flasche dafür benutzt, um nicht mehr nachdenken zu müssen. Nun hatte sie die Sonne geweckt und brachte die Überlegungen zurück.

Seine Worte sausten wieder durch ihren Kopf. Sie musste alles für Luzifer tun, ohne ein Widerwort. Nur dann würde sie in sechs Tagen Daria wieder in die Arme schließen können. Oder sie würde selbst für immer in der Hölle sein, wenn sie versagte.

Grübelnd fragte sich Aurelia, was Luzifer von ihr verlangen würde, denn darüber hatte er kein Wort fallen lassen. Sie hätte danach fragen sollen! Aber sicherlich würden es schwere Prüfungen sein.

Konnte sie diese auf sich nehmen?

Sie musste es, denn nur so konnte sie Daria wieder befreien!

Aurelia angelte den Klingelknopf vom Nachttisch und rief damit Georg zu sich.

Nach etwa fünf Minuten erschien der alte Mann und Aurelia sagte, im Bett sitzend, „Kannst du mir ein Frühstück bringen? Und sage Luzifer, dass ich die Herausforderung annehme. Du kannst mich dann heute Abend hier abholen."

Der Diener verbeugte sich und ging, während sich Aurelia erhob und gähnend in das Bad schlurfte. Unter der Dusche stehend überlegte sie sich, was sie bis zum Abend machen sollte.

Florenz im Mai! Das war immer eine Reise wert und hier in dem Zimmer würde sie nur vor Sorge durchdrehen. Aurelia musste raus und sich ablenken.

Im Bademantel, mit dem Handtuch um den Kopf, ging sie zurück in das Zimmer und Georg hatte einen gut gefüllten Wagen im Zimmer stehen lassen. Da befand sich alles darauf, was man sich zum Frühstück nur wünschen konnte.

Mit Kaffee, Fruchtsalat und Joghurt setzte sie sich auf die Bettkante. Löffelnd und schlürfend plante sie ihren Tag. Geld hatte sie genügend auf der EC Karte. Damit sollte dem Spaß nichts im Wege stehen und wenn sie gegen Luzifer verlor, dann brauchte sie auch kein Geld mehr.

Satt, mit geföhntem Haar und im leichten Sommerkleid schlenderte sie eine Stunde später durch die Gassen der Stadt. Noch war es angenehm kühl auf den Gehwegen.

Gemächlich bummelte sie den Arno entlang. Ein asphaltierter Parkplatz befand sich nun dort, wo sie früher durch die Wiesen gegangen war. Viel hatte sich in den letzten fünfhundert Jahren geändert, aber die Ponte Vecchio, die alte Brücke über den Fluss, war immer noch so, wie Aurelia sie in der Erinnerung gehabt hatte. Nur das die Brücke jetzt ziemlich überlaufen von Menschen war, die in den Auslagen der Geschäfte nach schönen Dingen suchten.

Von dort führte sie ihr Weg zum Palazzo Ducale, das sie früher gern besucht hatte, als Großherzog Cosimo I de' Medici hier seine rauschenden Feiern gegeben hatte.

Vor dem Palast stand eine Skulptur des David und Aurelia verweilte einen Moment davor.

Schließlich erreichte sie die Piazza della Signoria und floh vor dem dort herrschenden Gewimmel in eine der Seitenstraßen.

Da es langsam Mittag wurde und ihre Füße schon zu schmerzen begannen, wollte sie in einem dieser italienischen Restaurants eine Kleinigkeit zu sich nehmen. Oder vielleicht doch nur ein paar der wunderbaren und so lecker schmeckenden Kugeln Eis?

Eis zum Mittag? Sofie hätte sie das sofort verboten und gesagt „Iss etwas Anständiges!", doch der warme Tag schien für etwas Kühles bestens geeignet zu sein. Bei der Erinnerung an die Tochter zog es ihr das Herz schmerzhaft zusammen.

Wieder sausten die Gedanken zurück zu Luzifer. Noch war Zeit, der Aufgabe zu entfliehen, und zu den beiden Töchtern zurückzugehen, doch das würde bedeuten, dass Daria für immer gefangen bleiben würde.

Noch eine solche Chance würde ihr Luzifer sicher nicht mehr einräumen und sie hatte sich ja schon entschieden. Nun musste sich Aurelia aber von dem Schmerz ablenken und das ging am schnellsten mit etwas Süßem!

Wenig später hatte sie eine Waffel mit vier Kugeln Eis in der Hand.

Je zwei Kugeln Erdbeer- und Vanilleeis.

Schlendernd und am Eis leckend setzte sie ihren Weg fort. Dabei sah Aurelia in die Gesichter der ihr entgegen kommenden Menschen.

Mit einem Mal erstarrte sie. War das ein Geist? Aurelia kniff die Augen zusammen und riss sie wieder auf. Direkt vor ihr lief eine Frau, die Aurelia nur zu bekannt vorkam.

Das Eis entglitt ihren Finger und fiel auf ihr Kleid, unmittelbar bevor die Frau Aurelia streifte.

„Du bist Julia Capulet!", entfuhr es Aurelia erschrocken.

„Oh Entschuldigung!", sagte die Frau, die schnell ein Taschentuch aus ihrer Handtasche zog, um den riesigen Fleck Eis aus dem Sommerkleid zu wischen, aber das machte es nur noch schlimmer.

Nach einigen nutzlosen Versuchen, den Fleck zu beseitigen, sagte die Frau „Nein. Da müssen sie mich mit jemand verwechseln. Ich bin Romina. Romina Tessura."

Die junge Frau hatte solch eine verblüffende Ähnlichkeit zu der Julia von damals, dass es keinen Zweifel geben konnte. Das Einzige, was Aurelia störte, war, das Verona etwa 200 Kilometer weiter im Norden lag und dieser verdammte Fehlschuss mehr als fünfhundert Jahre her war.

Bot sich Aurelia hier eine zweite Chance, um etwas wiedergutzumachen, was sie vor langer Zeit verbockt hatte?

Eine ältere Frau kam nun zu ihnen, anscheinend die Gouvernante der jungen Frau und machte es mit ihrem Taschentuch nur noch schlimmer, obwohl das wohl kaum noch möglich war, denn das Kleid war schon nicht mehr zu retten.

„Schade um das schöne Kleid. Soll ich ihnen ein neues Kaufen?", fragte Romina.

„Nein. Danke. Ich glaube, das kann ich schon selbst, aber es war auch meine Schuld. Ich habe einfach nicht aufgepasst."

„Ich bestehe darauf, ihnen ein neues Kleid zu kaufen!"

Nun hätte Aurelia ablehnen können, doch Romina und die Gouvernante hakten sie einfach unter und schon waren sie auf dem Weg, die Gasse hinab.

Wenig später hatten sie eines der noblen Geschäfte an der Piazza della Signoria erreicht und nach dem fast unterwürfigen Benehmen der Verkäuferinnen zu urteilen, musste es das Geschäft von Romina oder ihrer Familie sein.

Die folgenden dreißig Minuten wirbelten fünf Frauen um Aurelia herum und zogen ihr ein Kleid nach dem anderen an und danach wieder aus.

In der Zwischenzeit lümmelte Romina in einem Sessel und trank Sekt aus einem schön geschliffenen und sicher sehr wertvollen Glas.

Aurelia fixierte die junge Frau mit ihrem Blick, aber auch wenn es vielleicht nicht die Seele von Julia war, die in dieser Frau wiedergeboren war, so wollte Aurelia sie nun unterstützen, denn es konnte kein Zufall sein, dass sie sich begegnet waren.

Sicherlich würde ein Gespräch beim Essen dafür sorgen, dass Aurelia alles erfuhr, was sie brauchen würde, um Romina zu helfen.

Und die nächsten Tage hatte sie ja frei. Zumindest hatte das Luzifer so gesagt. Damit hätte Aurelia eine Aufgabe, die sie tagsüber von der Sorge um Daria ablenken konnte.

Nun würde nur noch die Einladung als Dank für das Kleid und die Hilfe folgen.

Freilich war das eine Formsache, denn Romina saß immer noch vor ihr.

## 13. Kapitel

# Verzweiflung und Freude

Sicher hundert Mal hatte Romina angerufen und am Abend hatte ein anderer Fahrer die bestellte Pizza geliefert, die anschließend unbeachtet im Abfall gelandet war. Was war da nur los?

Romina durfte nun wieder aus dem Haus und die Adresse der Pizzeria hatte sie auch. Damit war klar, wo ihr Weg sie als Erstes mit der Gouvernante hinführen würde.

In der Nacht hatte sie vor Kummer geheult und so sah sie natürlich auch aus, als sie sich im Bad im Spiegel ansah: nicht wirklich vorzeigbar.

Die Dusche und das Make-up machten wieder einen Menschen aus ihr und die Vorfreude auf Julian ließ sie im Bad singen.

Romina musste nur die Gouvernante auf irgendeine Art loswerden, wenn sie mit Julian zusammen sein würde, denn ein Aufpasser war nicht das, was sie sich beim Küssen unbedingt wünschte.

In ihren besten Sachen machten sie sich schließlich auf den altbekannten Weg. Da lag auch einer der Läden des Vaters in der Nähe. Wie oft war sie schon dort gewesen und hatte nicht gewusst, dass ihr Glück nur fünfhundert Meter entfernt auf sie warten würde.

Romina kam dem Ziel ihre Wünsche immer näher und noch hatte sie der alten Frau an ihrer Seite nicht gesagt, wohin sie ihr Weg führen würde. Als sie aber schnell am Laden vorbeiging, da wurde es der Frau offensichtlich klar. Von da an versuchte die Gouvernante alles, um Romina von diesen paar Schritten abzuhalten.

Aber Romina riss sich immer wieder los.

Dann stand sie in der Pizzeria und merkte, dass es jene war, in der sie in der Nacht die erste Pizza ihres Lebens gegessen hatte. So nahe musste ihr Julian da schon gewesen sein, denn er arbeitete ja hier!

Suchend blickte sie sich um, konnte den Freund aber nicht sehen. Der Wirt, ein älterer Mann mit einem ziemlichen Bauch, sprach sie an. „Signorina. Was möchten sie?"

„Können sie mir sagen, wo Julian ist?"

„Der schläft bestimmt noch, oder ist irgendwo in der Stadt unterwegs. Er arbeitet nur abends und nachts bei mir. Sie sind Romina? Oder?"

„Ja! Können sie ihm sagen, dass ich da war?"

„Natürlich!"

Schon war sie wieder auf der Gasse. „Schade", sauste es durch ihren Kopf. In Gedanken schlenderte sie weiter und achtete nicht mehr auf die Menschen, die um sie herum waren.

Es ging auf die Mittagsstunde zu und die Stadt war wie immer mit Touristen überlaufen.

Romina hatte sich so sehr auf das Treffen gefreut und nun sauste die Verzweiflung durch ihren Körper. Julian arbeitete nur nachts und der Vater würde sie abends nicht mehr aus dem Hause lassen.

Ein Treffen wurde damit fast unmöglich und wenn Julian ihr auch die Pizza nicht mehr liefern würde, dann konnten sie sich noch nicht mal aus der Ferne sehen.

Die Tränen der Verzweiflung begannen ihren Blick zu verschleiern, als sie im Gedränge mit einer Frau zusammenprallte, die dabei ihr Eis verlor.

Schnell versuchte Romina den angerichteten Schaden zu beseitigen, aber das machte die Sache nur schlimmer und daher schleppte sie die Frau einfach mit sich mit, in das Geschäft des Vaters an der Piazza.

Die Frau hieß Aurelia und war höchstens fünf Jahre älter. Die nun folgende Modenschau mit Anprobe lenkte Romina von ihrem Kummer ab. Es dauerte ewig, bis sie endlich das perfekte Kleid gefunden hatten und danach lud Aurelia sie um Essen ein.

Endlich hatte Romina mal jemanden zum Quatschen.

Schon immer hatte sie sich eine Freundin oder große Schwester gewünscht, bei der sie „Mädchenfragen" loswerden konnte und vielleicht war Aurelia diese Freundin. Zumindest fühlte sie Vertrauen zu ihr in sich.

Die Gouvernante im Schlepptau hinter sich lassend, gingen sie in eines der besseren Restaurants. Mit Aurelia verstand sich Romina auf Anhieb blendend.

Aurelia hatte den gleichen Sinn für Humor und sie lachten über dieselben Dinge. Da war so ein Band, das ihre Herzen verknotet hatte.

Die Gouvernante saß neben ihnen am Tisch, knabberte an ihrem Fisch und es war ziemlich eindeutig, dass sie von ihrem Gespräch nur die Hälfte verstand.

Es war herrlich! Wundervoll!

Rominas Herz machte einen vergnügten Hüpfer und beim Verlassen des Restaurants beschlossen sie weiter durch die Innenstadt zu schlendern. Hand in Hand mit Aurelia, die alte Gouvernante, wie einen Schoßhund, hinter sich herziehend.

Lachend und scherzend liefen sie durch die Gassen und der Kummer um Julian aus der Nacht war fern.

Über alles Mögliche redeten sie, nur die wirklich wichtigen Themen, wie Liebe und Sex, konnte Romina, mit dem lauschenden Drachen hinter sich, natürlich nicht ansprechen.

Stundenlang waren sie gegangen, ohne etwas zu kaufen, dann senkte sich langsam die Dämmerung über die Stadt.

Da der Vater ihr allerdings nur bis zum Abendessen Ausgang gegeben hatte, und auch Aurelia nun schnell wieder fort musste, verabschiedeten sie sich an der Statue des David mit einer Umarmung voneinander.

Anschließend eilten sie beide in unterschiedliche Richtungen davon, aber sie hatten sich für den nächsten Tag in einer Eisdiele an der Piazza verabredet.

Nun musste Romina rennen, denn der Vater hatte ihr gesagt, dass er den Arrest sofort fortsetzen würde, wenn sie zu spät kam. Und Romina wollte das Treffen mit der Freundin unbedingt einhalten.

Die alte Gouvernante keuchte hinter ihr her, aber auch Romina konnte diesmal nicht so schnell laufen, wie sie es gern gewollt hätte, denn an diesem Tag trug sie nicht die flachen Sandalen, sondern modische Schuhe mit einem höheren Absatz.

Schnaufend aber pünktlich waren sie wieder am Palast angekommen. Der Vater stand mit der Uhr an der Treppe und nickte wohlwollend.

Nach dem Essen kam eine Nachricht auf dem Handy an „Ich liebe dich, aber wir sind so verschieden. Das wird nicht gut gehen! Julian."

Schnell wählte sie die Nummer und fragte einfach „Wieso?"

„Hallo Romina. Ich bin Pizzabote und du lebst wie eine Prinzessin. Wir wohnen auf verschiedenen Planeten und nur durch einen Zufall haben wir uns getroffen. Meinst du, das könnte etwa werden?"

„Vielleicht! Warum nicht? Wir haben es ja noch nicht mal probiert!", sagte sie fast bittend.

„Wir werden sehen. Ich brauche erst mal etwas Bedenkzeit. Schlaf schön. Ich liebe dich!" Dann das Knacken im Hörer.

Verstört blickte Romina das Telefon an. Einerseits sagte er, dass er sie liebte und andererseits brauchte er Bedenkzeit!

„Männer!", stöhnte Romina, ließ sich rückwärts in das Bett fallen und nahm sich vor, mit Aurelia darüber zu reden.

Nun konnte sie es kaum erwarten, die Freundin am nächsten Tag wiederzutreffen. Würde sie dort sein? Was wusste Romina eigentlich über Aurelia? Nichts! Und trotzdem war da so eine Vertrautheit zu der anderen Frau in ihr.

## 14. Kapitel
# Die erste Aufgabe

Mit Romina hatte Aurelia nun eine Aufgabe, die ihr die Tage zu vertreiben half. Trotzdem kam der Abend immer näher und damit auch der Moment, wo Aurelia wieder im Palast zurück sein musste.

Vielleicht aus Angst vor der Aufgabe hatte Aurelia so lange gezögert, dass sie nun rennen musste, um noch rechtzeitig wieder zurück zu sein, denn eine Verspätung am ersten Abend würde dazu führen, dass Luzifer vielleicht davon ausging, dass sie doch noch abgereist war.

Schnaufend von dem schnellen Lauf erreichte sie das Tor, klopfte und erneut öffnete Georg. Mit einer Verbeugung gab er Aurelia den Weg frei.

Hinter dem Tor zog sich Aurelia die Schuhe aus und eilte barfuß die Treppe hinauf. Ein Blick auf die große Standuhr zeigte ihr, dass es weit nach zwanzig Uhr war und sie musste sich noch auf den Abend vorbereiten.

Als Aurelia das Zimmer betrat, stand ein Karton mit einer roten Schleife auf ihrem Bett. Neugierig trat sie näher, um das offensichtliche Geschenk besser sehen zu können.

Auf der Kiste lag eine Karte in einem Umschlag und Aurelia zog die Nachricht heraus. Er-

neut stand die Botschaft Luzifers in seiner ge-
schwungenen Handschrift darauf.

*„Trage heute das hier. L."*

Gespannt hob sie den Deckel der Schachtel
an. Ein Kleid und ein paar hochhackige Schuhe
befanden sich darin. Alles in schwarzer Farbe.
Sorgsam nahm sie die Schuhe heraus. Diese waren sogar in der richtigen Größe! Wie hatte er das
nur erraten?

Das Kleid schien aus Seide zu bestehen und
auch dieses hatte, nach dem Etikett, die passende
Konfektionsgröße.

Aurelia eilte in das Bad und warf unterwegs
die getragenen Sachen von sich. Einen Augenblick später stand sie unter der Dusche.

Immer neue Gedanken und Zweifel sausten
durch ihren Kopf. Was hatte Luzifer mit ihr vor?
Würde es erneut nur ein Essen oder ein Gespräch
geben? Aber dazu würden seine Worte vom Vorabend nicht passen. Da würde es keinen Sinn ergeben, ihr das „Nein" zu verbieten.

Ohne Zweifel würde es eine Prüfung für sie
werden. Oder eine Aufgabe. Nur was? Grübelnd
trocknete sie sich ab, föhnte sich die Haare und
zauberte sich die Locken wieder in ihr Haar.

Um halb zehn streifte sie sich das Kleid über.
Es war einfach ein Traum aus Seide und floss nur
so um ihren Körper. Aber Luzifer hatte ihr keine
Unterwäsche dazu gelegt. Sicher hatte er das

nicht als wichtig erachtet und nun suchte Aurelia ein Kleidungsstück, welches nicht unter dem dünnen Stoff auftrug.

Eigentlich blieb da nur der Spitzenslip, den ihr Daria aus Paris mitgebracht hatte. Als sie sich das hauchzarte Stoffstück überstreifte, da gingen ihre Gedanken wieder zu der Freundin. Aurelia schluckte ein paar Tränen herunter und frischte noch einmal ihr Make-up im Bad auf.

Es war 21:55 als es klopfte und Georg in den Raum trat. Nun war keine Zeit mehr für irgendwelche Zweifel.

Fünf Minuten später standen sie wieder vor der Tür des Saales.

Als Aurelia mit dem Gongschlag eintrat, stand Luzifer auf und kam ihr entgegen. „Du hast die Herausforderung also angenommen!“, sagte er fast triumphierend. Bei den Worten des Mannes zuckte sie zusammen. Wieder jagten Zweifel durch ihren Kopf, aber mit dem Übertreten der Schwelle zu diesem Raum war sie nun in seiner Hand.

Und an seiner Hand verließ sie den Saal einen Augenblick später durch eine Seitentür auch schon wieder. Aber es war nicht das Zimmer, in welchem am Abend zuvor die Tafel aufgebaut gewesen war, sondern ein anderer, mit kaltem Beton ausgekleideter, Raum.

An der gegenüberliegenden Wand befanden sich zwei metallische Schiebetüren und daneben war ein Knopf angebracht. Der Pfeil darunter zeigte abwärts. Offensichtlich ein Lift, der in die Tiefe führte? In die Hölle vielleicht?

Luzifer betätigte den Knopf und sofort öffneten sich lautlos die Türen. Der Innenraum des Liftes war an drei Seiten verspiegelt und als Aurelia die Kabine betrat, kam es ihr so vor, als ob sie sich selbst tausend Mal sehen konnte.

Hinter ihr trat Luzifer in den Lift. Er trug dieses Mal nicht den Anzug, den er am Abend zuvor getragen hatte, sondern eine gut sitzende Jeans und dazu ein weißes Hemd.

Aurelia sah seine Muskeln unter diesem Hemd, die sich wie Raubtiere bewegten, wenn er die Arme hob. Und wieder trug er dieses Parfüm. In dem begrenzten Raum hatte sie damit diesen unbeschreiblichen Duft in ihrer Nase.

Ein weiterer Knopfdruck von ihm und der Lift glitt lautlos in die Tiefe.

„Deinen Slip! Gib ihn mir. Ich habe dir nicht erlaubt, einen zu tragen!", sagte er und hielt fordernd die Hand auf. Wie hatte der Mann das nur bemerkt? Der Stoff war doch so dünn, dass er nicht zu sehen war. Aurelia hatte das extra im Spiegel des Bades kontrolliert, aber zum Diskutieren über den Zweck von Unterwäsche war die

Situation zu riskant. Bei einem „Nein" würde sie nicht wieder an die Oberfläche zurückkehren!

Umständlich streifte sie sich den Slip von den Beinen und versuchte dabei, dem Mann nicht zu viel sehen zu lassen. Dann legte sie das winzige Stoffstück vorsichtig in seine Hand und er knüllte es achtlos in seine Hosentasche.

„Den bekommst du am Ende der Woche zurück, wenn du ihn dann noch brauchen solltest!", erklärte er mit einem grimmigen Lächeln. Es hätte ihr Angst machen können, aber im Moment sorgte sie sich mehr um das teure Kleidungsstück.

Die spiegelnde Kabine stoppte, mit einem Zischen glitten die Türen zur Seite und vor Aurelia befand sich ein Flur, der wie ein Kellergang aussah. Vermutlich war er sehr tief unten, denn der Lift schien ewig gefahren zu sein.

Auf dem Betonfußboden hallten ihre Schritte wieder, als wären sie in einer Höhle. Ein paar Lampen an der Seite des Ganges spendeten nur spärliches Licht und Fenster gab es hier keine. Auch Türen gab es nur zwei. Die Aufzugtür hinter ihr und eine große Tür vor ihnen, am Ende des Ganges, der etwa fünfzig Meter lang war.

Langsam und wortlos schritten sie dem Ende entgegen. Dort drückte Luzifer eine der beiden Klinken herunter und zog die Doppeltür auf. Ein dunkler Raum lag vor ihnen und in dem Moment, als sie eintraten, flammte ein Leuchter in der Mitte auf.

Blutrote Vorhänge hingen an den Wänden und hinter ihnen schloss Luzifer die Tür sofort wieder. Dieser Raum war sicher zwanzig Mal zwanzig Meter groß und die Strahlen des Leuchters erreichten kaum die Vorhänge, wodurch sie diesen Raum in ein diffuses Licht tauchte.

Der Mann klatschte in die Hände und eine Seitentür öffnete sich. Zwei maskierte aber sonst völlig nackte Männer betraten den Raum. Die rote Hautfarbe machte sie als Dämonen kenntlich und sie hatten auch Hörner, die durch die lockigen Mähnen hindurch deutlich zu sehen waren. An ihren Hintern hingen lange Schwänze, wie die eines Löwen und auch vorn herum waren sie mehr als gut bestückt.

Einer der beiden hatte einen Drehhocker dabei und mit diesem gingen sie bis zur Mitte des Raumes. Dort blieben sie stehen und verbeugten sich vor Luzifer.

Die Nacktheit der Dämonen ließ einen Gedanken in Aurelias Kopf zurück, trotzdem sah sie Luzifer fragend an. Die zuvor gezeigte Freundlichkeit war nun völlig aus seinem Gesicht verschwunden. Das hier war der Herr der Hölle und sie war in seiner Macht!

„Deine erste Aufgabe ist es, einfach keinen Orgasmus zu bekommen!", legte Luzifer fest, danach schob er Aurelia an den Schultern vorwärts und sie ging alleine weiter zu den beiden Dämonen.

Als Aurelia sich in der Mitte umdrehte, sah sie, dass Luzifer am Eingang stehen geblieben war.

Diese Aufgabe schien ihr ziemlich leicht zu sein, denn mit dem Kummer um Daria war es für sie doch sicher ein leichtes, den Schmerz nach vorn zu bringen und einfach keine Lust dabei zu verspüren.

Still lächelte Aurelia in sich hinein, denn die beiden Dämonen würden sich an ihr die Zähne ausbeißen!

Erneut hörte sie das Klatschen. Einer der beiden Dämonen packte sie, zog ihr mit einer schnellen Bewegung das Kleid über den Kopf, griff ihr anschließend um die Hüften und setzte sie auf den Hocker. Danach drückte er ihre Schenkel auseinander und kniete sich vor sie hin.

Von unten sah er zu ihr hinauf und sie hätte denken können, dass er sie höhnisch anlächelte. Langsam öffnete er seinen Mund, dann zeigte er ihr seine Zunge. Diese war sicher mehr als dreißig Zentimeter lang und gespalten, wie die einer Schlange. Für einen Moment stockte Aurelia der Atem und sie sah, wie Luzifer sie angrinste.

Fast ängstlich ging ihr Blick wieder nach unten, der rote Dämon küsste Aurelias weit geöffneten Schoß und schob seine Zunge tief in ihren Körper. Wie unter einem Stromschlag zuckte Aurelia zusammen und warf den Kopf zurück.

Der zweite Dämon küsste sie auf die Seite ihres Halses und umfasste ihre Brüste von hinten.

Immer tiefer tauchte die Zunge in ihren Leib ein und immer mehr knetete der andere Dämon ihre Brüste. Er spielte mit ihren hart werdenden Brustwarzen.

Luzifer stand mit vor der Brust verschränkten Armen etwa fünf Meter von ihr entfernt und genoss dieses Bild, wie sie sich auf dem Hocker wand.

Die von Aurelia zuvor als einfach empfundene Aufgabe war schwerer, als sie geglaubt hatte.

Schon nach kurzer Zeit versuchte ihr Körper sich fallen zu lassen und immer wieder musste sie schnell an Daria und den Kummer denken.

Diese beiden Dämonen wussten ganz offensichtlich, wie man jemanden mittels Lust quälen konnte. Ihr gesamtes Blut begann in ihren Schoß zu fallen!

Aurelias spürte, wie ihr Schoß immer feuchter wurde. Eine Gänsehaut nach der nächsten rollte über ihren Körper. Es war die reinste Qual! Das Ziehen in ihrer Scheide ließ sie stöhnen und sie biss sich auf die Lippe, um Schmerz zu empfinden.

Voller Angst glitt ihr Blick nach unten. Aurelia war dabei, bereits am ersten Abend zu versagen!

Die Zunge des Dämons glitt langsam aus ihrer Scheide heraus, spielte mit dem Rand ihrer Vulva und fuhr nun nach unten. Die Zungenspitze spielte mit ihrem Körper und schob sich danach an einer anderen Stelle erneut tief in ihren Leib, obwohl sich Aurelia verkrampfte und dagegen wehren wollte, doch der Dämon war zu kräftig.

Wie lange ging das schon? Immer wieder rollte ein lustvolles Beben über ihren Körper und von Zeit zu Zeit biss sie sich nun in die Hand, damit der Schmerz die Lust vertrieb.

Immer tiefer gruben sich Aurelias Zähne in ihr Fleisch und die Zunge tauchte ebenfalls tiefer in ihren Körper ein.

Auf jede mögliche Art wurde sie liebkost, gestreichelt oder durchgeknetet. Die beiden Dämonen versuchten alles, um ihr einen Höhepunkt zu verschaffen, der ihr Ende sein würde.

Irgendwann stand der Dämon vor ihr auf, hob sie an den Hüften vom Stuhl und drehte sie um. Mit wackeligen Beinen stand sie zwischen den beiden Dämonen und bei dem Anblick, der sie ihr nun bot, blieb ihr erneut kurz der Atem fort.

Wie in Zeitlupe wuchs vor ihr etwas in die Höhe, was unmöglich in ihren Körper passen konnte. Fast hätte sie bei diesem Anblick „Nein!"

geschrien, doch noch im letzten Moment biss sie sich auf die Zunge.

Der Dämon setzte sich auf den Hocker, packte sie an den Hüften und hob sie in die Höhe. Für einen unendlichen Zeitraum schwebte sie mit gespreizten Schenkeln und vor Angst aufgerissenen Augen in der Luft, dann senkte der Dämon sie langsam auf diesen Pfahl aus Fleisch ab.

Ein gigantischer Penis dehnte sie und Aurelia schrie auf, aber es war keine Lust, die sie schreien ließ, sondern der pure Schmerz.

Trotzdem machten sich fast sofort wieder lustvolle Wellen auf den Weg durch ihren Körper.

Lust und Schmerz!

Stück für Stück senkte sie sich auf den Dämon und es dauerte lange, bis ihre Füße wieder Bodenkontakt hatten. „Nur nicht fallen lassen!", raste es durch ihren Kopf, während sie keuchend nach Atem rang.

Der Dämon begann nun, ihren Körper mit seinen Händen wild auf und ab zu bewegen. Auf seine Schultern gestützt, versuchte sie an etwas Schlechtes zu denken, doch das lustvolle Gefühl war viel zu stark. Diese drangvolle Enge in ihrem Leib, dieses Gefühl, vollständig ausgefüllt zu sein.

Nach einer Weile hielt der erste Dämon sie fest und der zweite Dämon drängte mit Kraft in den zweiten, engeren Eingang zu ihrem Unterleib.

Erneut durchraste sie der Schmerz und schon war das „Nein!" auch wieder auf ihrer Zunge, doch sie konnte sich gerade noch beherrschen.

Aurelia spürte die gewaltige Eichel ihren Widerstand überwinden und dann schob sie sich langsam tief in ihr Innerstes. Es war ein unglaubliches Gefühl, das sie fast um den Verstand brachte.

Zum Zerreißen gespannt keuchte sie durch die Anstrengung zwischen den beiden Dämonen.

Erneut bewegten sie die Dämonen und die Wellen der Lust machten sich auf den Weg.

Aurelia war nicht mehr in der Lage sie anzuhalten, aber bevor der Orgasmus sie überrollen konnte, verlor sie das Bewusstsein.

## 15. Kapitel
# Zorro auf dem Moped

*E*r hatte sich dazu verleiten lassen, mit Romina zu sprechen. Erst hatte Julian die hundert Anrufe von Romina ignoriert und dann hatte er doch die Dummheit begangen, mit ihr zu reden. Die ganze Nacht hatte er danach gegrübelt und es war noch nicht mal viel los gewesen. Damit hatte er jede Menge Zeit gehabt, um über sie und sich nachzudenken.

Julian wusste nun, dass er für eine Nacht bei ihr sterben könnte und dass er schon bei dem Versuch sterben würde. Die Security würde ihn sehen und damit würde es auch der Typ mit der Lederjacke wissen. Vermutlich lebte Julian nur noch durch Zufall! Schließlich hatte er seinen Wunsch noch nicht geäußert und das würde den Mann sicher stutzig machen.

Stundenlang hatte er sich Wege überlegt, wie er ihr nahe sein konnte. Alfredo hatte ihm gesagt, dass sie ihn am Tag zuvor hier gesucht hatte, aber dass auch eine ältere Frau, als Aufpasserin, bei ihr gewesen war.

Was immer er also tun wollte, er musste die ältere Frau dabei überrumpeln. Sollte er mit Romina einen Treffpunkt ausmachen und dann mit ihr davonlaufen? Sie mit dem Moped entführen? Vielleicht, aber was sollte er dann tun?

Für einen Kuss das Leben riskieren? Mit Frauen hatte er noch keine Erfahrung. Noch nie hatte er eine vollkommen nackt gesehen. Halbnackt schon viele bei der Lieferung der Pizza. Es schien normal zu sein, nachts nur mit einem Slip bekleidet aufzumachen, wenn Julian die Pizza brachte.

Oder wollten die Frauen dann mehr?

Noch nie hatte er sich darüber Gedanken gemacht, was Frauen wirklich wollten. Am Morgen war seine letzte Tour wieder so gewesen. Nach vier Uhr in der Früh hatte er erneut eine Auslieferung gehabt und eine Frau mit beachtlicher Oberweite hatte ihm nur im Morgenmantel geöffnet.

Sie hatte das Kleidungsstück vermutlich extra so angezogen, dass er sehen konnte, dass sie darunter völlig nackt gewesen war. Das Küsschen und der Schmollmund beim Abschied waren Zeichen gewesen, dass sie wohl nicht das bekommen hatte, was sie gewollt hatte.

Aber hatte sie wirklich ihn gewollt? So schmächtig, wie er war?

Romina wollte ihn wirklich, denn sie hatte „Vielleicht" gesagt! Das war doch sicherlich ein Zeichen. Wenn er doch nur etwas mehr Erfahrung gehabt hätte! Julian wusste, wo sie wohnte und ein paar wilde Ideen, wie er zu ihrem Fenster gelangen konnte, hatte er auch schon gehabt.

Aber alles nichts, was in der Realität funktionieren würde.

Wie Tarzan an der Liane?

Oder wie Zorro am Seil über die Straße schwingend!

Unter ihrem Fenster stand ein Blumenkübel und es waren keine vier Meter von dessen Oberkante bis zu ihrem Balkon. Ein Stabhochspringer konnte sicher direkt in ihrem Bett landen!

Verzweifelt lief er durch die morgendliche Stadt. Nicht eine Minute hatte er geschlafen, aber er konnte auch nicht! Romina war in seinem Kopf! Nichts sonst! Und was war, wenn er sich einfach in ihr Haus schlich? Vorbei an den Sicherheitsmännern?

Mit einer Ablenkung würde das gelingen, nur was sollte er dafür benutzen?

Sicherlich würden die Männer sich nicht mit irgendetwas Einfachem übertölpeln lassen.

Und wenn er einfach mit dem Moped in der Nähe wartete und sie schnell aufstieg, wenn sie das Haus verließ? Das konnte gehen und was kam danach? Zum Baden vielleicht? Irgendwohin, wo sie ungestört waren? Der Rest würde dann hoffentlich kommen, wenn er sie im Arm hatte.

Zuerst brauchte Julian das Moped! Er ging zurück zu Alfredo und borgte sich das Gefährt aus. Tagsüber wurden nur selten Pizzen ausgeliefert. Mit der Vespa fuhr er durch die Straße und suchte ein Versteck, von dem aus er die Tür beobachten konnte.

An einem kleinen Gebüsch am Ende der Straße blieb er stehen und tat so, als ob er etwas reparieren musste. War das nicht zu auffällig? Die Männer kannten sein Fahrzeug! Trotzdem konnte er von hier nicht weg! Mit einem Auge sah er immer weiter zu dem Eingang des Hauses.

Nach ewiger Zeit trat Romina endlich vor die Tür, aber als er auf das Moped springen wollte, trat hinter ihr der Mann mit der Lederjacke auf die Straße. Wenn er jetzt losfuhr, dann würde er den nächsten Sonnenaufgang nicht mehr erleben.

Unschlüssig stand er in der Straße. Was würde Zorro in solch einer Situation machen? Er würde auf sein Pferd springen, die Wachleute fesseln und mit der Prinzessin diese Nacht verbringen.

Als Julian auf sein Moped stieg, sprang es nicht an und als der Motor dann endlich lief, war Romina schon im Gewimmel der Stadt verschwunden.

Es konnte funktionieren! Wenn das Moped nicht streikte. Langsam fuhr er zurück zu Alfredo. Vielleicht kam Romina erneut zur Pizzeria und es bot sich dort die Gelegenheit zur Flucht.

Die nächste Stunde wartete er und nichts passierte. Damit würde Julian es am nächsten Tag einfach abermals versuchen.

Enttäuscht schlich er die Treppe hinauf, ließ sich in sein Bett fallen und suchte das Bild, das er von Romina gezeichnet hatte. Wenn sie schon nicht real bei ihm war, dann wenigstens in seinem Kopf!

Mit dem Bild vor den Augen überlegte er, was er alles mit ihr machen konnte.

Nichts!

Er hatte keine Erfahrung und er wusste nicht, wie es sich anfühlte, eine Frau in den Armen zu halten. Sie zu küssen und zu lieben. Vielleicht sollte er erst Erfahrungen sammeln?

Zorro war sicher auch nicht ohne Übung auf seine Feinde losgegangen! Aber wo konnte man Erkenntnisse sammeln? Mit den Frauen der Nacht? Sicher nicht, denn die wollten nicht einen Jüngling, der bei ihnen übte! Die wollten jemanden, der ihnen nicht nur die Pizza brachte, sondern der es ihnen so richtig besorgen konnte.

Und so jemand war Julian nun mal nicht. Noch nicht!

War das Ganze also doch ohne Ausweg? Sollte er das Geld nehmen und sich Romina aus dem Kopf schlagen? Auch das fühlte sich falsch an.

Egal, was auch immer er tun würde, er würde das Falsche machen!

Wenn doch nur einfach eine Frau hierherkam, die ihn so nahm, wie er war. Und die sich so von ihm nehmen lassen würde, wie er es wollte und konnte, dann würde alles gut werden.

Warum war das nur alles so kompliziert?

Mit Rominas Bild in der Hand schlief Julian in seinem Bett ein. Nun war sie im Traum bei ihm. Nackt stand sie direkt vor ihm! Und nun?

## 16. Kapitel

# Wie ein Schmetterling

*A*urelia schreckte im Bett hoch und sah die Wand des Zimmers vor sich. Hatte sie die Aufgabe am Abend zuvor gelöst? Es musste so sein, denn sonst wäre sie in der Hölle gelandet und nicht in ihrem Bett.

Die Erinnerung an die letzten wachen Momente der Nacht sauste durch ihren Kopf. Aurelia hatte schlaff in den Krallen der beiden Dämonen gehangen, während diese sie wie eine Puppe einfach nur benutzt hatten. Mit der letzten Kraft hatte sie sich auf den Schultern des einen abgestützt, bevor es schwarz vor ihren Augen geworden war.

Die lange Zunge des Dämons war das letzte Bild gewesen, was sie wahrgenommen hatte. Das Gefühl des sich anbahnenden Orgasmus spürte sie noch in sich. War dieser Höhepunkt gekommen, als sie schon nicht mehr bei Bewusstsein gewesen war? Oder hatte dieser Sinnenrausch sie erst bewusstlos gemacht?

Grübelnd saß sie in ihrem Bett und wendete ihren Kopf zum Fenster hinüber. In ihrem Blickfeld lag eine Karte auf dem Nachttisch. Aurelia nahm sie und klappte diese auf.

*„Die erste Aufgabe hast du erfüllt. Ich freue mich auf heute Abend. L."*, stand auf der Nachricht.

Das war zumindest der Beweis dafür, dass sie standgehalten hatte. Aurelia hätte jubeln können, aber der Druck in ihrem Unterleib war im Moment so groß, dass sie aufstöhnen musste, als sie die Füße aus dem Bett schwenkte.

Aurelia klingelte nach Georg, bestellte sich bei ihm das Frühstück, eine schmerzstillende Salbe und humpelte danach zum Bad hinüber. Dort stellte sie sich unter die Dusche.

Mit dem warmen Wasser, das ihrer Haut streichelte, hatte sie immer wieder dieses Bild des vergangenen Abends in ihren Kopf, wie sie dort einfach keine Wahl gehabt hatte. Aurelia fragte sich, wie lange es wohl gedauert hatte. Stunden? Oder Minuten?

Der Druck in ihrem Unterleib ließ auf Stunden schließen und sie hätte nie gedacht, dass ihr Körper in der Lage war, das auszuhalten ohne dabei zerrissen zu werden.

Vorsichtig und kontrollierend tasteten sich Aurelias Fingerspitzen zu ihrem Schoß. Wie in der Nacht durchzuckte sie erneut Schmerz und Lust zugleich, aber dieses Mal durfte sie sich fallen lassen.

Es dauerte nur ein paar Minuten des Streichelns, dann spannte sich alles in ihrem Körper an. Das warme Wasser lief über ihren Rücken, sie stützte sich mit einer Hand gegen die Fliesen und vor ihren Augen stand die Situation mit den beiden Dämonen so plastisch, als würde es jetzt geschehen und sie würde sich dabei zusehen.

Ihren Schrei der Lust musste wohl jeder in der Gegend gehört haben und der damit verbundene explosive Orgasmus machte die Schmerzsalbe überflüssig, die ihr Georg auf den Nachttisch gelegt hatte. Zumindest lag diese dort, als sie das Bad wieder verließ.

Das Frühstück mit dampfendem Kaffee und Croissants wartete! Kauend gingen Aurelias Gedanken zu dem Treffen mit Romina voraus. Würde die Gouvernante wieder an der Seite der jungen Frau sein?

Romina war eine junge Frau aus gutem Hause und sie wurde von der Gouvernante überwacht, aber dies schien sie sehr zu stören. Zumindest deutete Aurelia ein paar von Rominas Bemerkungen in diese Richtung.

Das Kleid, das Romina ihr gekauft hatte, lag frisch gewaschen und gebügelt über einem Stuhl an der Wand. Am Abend zuvor hatte Aurelia es in der Eile einfach nur ausgezogen und fallen gelassen. Offensichtlich war Georg ziemlich umsichtig mit seinen Gästen.

Mit dem Blick auf das Kleid dachte Aurelia an das andere zurück, das sie am Abend in der

Kiste vorgefunden hatte. Vielleicht hatte Luzifer am Tage zuvor ihren Schrank in ihrer Abwesenheit kontrolliert.

Konnte die Kenntnis ihrer Konfektions- und Schuhgröße daher stammen? Was hatte sie verbotenes in ihrem Schrank? Überlegend sah sie das Möbelstück an, aber Aurelia fand nichts Verwerfliches in ihrer Erinnerung.

Lilith hatte ihr alle persönlichen Gegenstände abgenommen. Vielleicht hatte die Dämonin das schon gewusst.

Wenig später war Aurelia auf dem Weg in die Innenstadt. Abermals lief sie durch den kleinen Park und danach ging sie zum Arno hinab. Noch hatte sie Zeit und konnte diesen Tag genießen.

Durch die Gassen schlendernd flogen ihre Gedanken voraus. Sie musste Luzifer noch fünf Nächte widerstehen, dann war Daria gerettet, doch sicherlich würden die nächsten Aufgaben schwerer werden. Allerdings war es im Moment müßig, darüber nachzudenken.

Die nächste Nacht würde erst noch kommen. Jetzt war Tag und sie freute sich auf das Treffen mit Romina.

Immer noch fragte sie sich, ob das Zusammentreffen am Tage zuvor wirklich ein Zufall gewesen war. Zumindest hatte sich Aurelia vorgenommen, diesmal die junge Frau glücklich zu machen, denn deren Gesichtsausdruck in dem

Geschäft zeugte davon, dass man zu ihr eher reiches, unglückliches Mädchen sagen musste.

Mit der Gouvernante am Tisch hatte sich Romina ihr auch nicht wirklich öffnen können. Jedes Wort hatte nach einer auswendig gelernten Floskel geklungen.

Nach der Brücke begannen wieder die Geschäfte. Eigentlich schon auf der Brücke und da Aurelia für die letzten fünfhundert Schritte noch mehr wie eine Stunde Zeit hatte, begann sie die Auslagen der Geschäfte intensiv zu betrachten.

Vielleicht fand sich dabei eine Kleinigkeit, die sie der jungen Frau als Dank für die Hilfe und das neue Kleid übergeben konnte. Was wäre aber, wenn plötzlich auch Romeo wieder vor ihr stehen würde? Dann wüsste sie zumindest ganz sicher, dass es kein Zufall gewesen war.

In Gedanken versunken betrachtete sie weiter die Auslagen und immer wieder gingen ihre Gedanken abwechselnd zur nächsten Nacht und zu Romina. Wenn sie versagen würde, so wäre dann nicht nur Daria verloren, sondern auch Romina wäre dann auf sich selbst gestellt.

Mit dieser Erkenntnis im Kopf würde Aurelia einfach versuchen, so viel Spaß und Hilfe in die Zeit zu packen, die ihr Luzifer ließ. Im Schaufenster eines Juweliergeschäfts fiel ihr Blick auf einen Anhänger in der Form eines Schmetterlings. Er schien zu rufen „Kaufe mich!" und diesem Ruf konnte Aurelia nicht widerstehen. Der Preis war zwar ganz schön happig, aber für Romina war es ihr das wert.

Schon nach nur einem Nachmittag, praktisch nur nach einigen gemeinsam verbrachten Stunden, hatte Aurelia die junge Frau in ihr Herz geschlossen.

Mit dem Schmetterling, in einem schönen Kästchen, in der Hand, schlenderte sie weiter durch die Straßen von Florenz.

Aurelia legte die Sorge um Daria und die nächste Nacht ab und ihre Gedanken flogen zu dem Treffen voraus. Was sollte sie sagen? Was tun? Zuerst müsste die Begleitperson irgendwie abgelenkt werden, falls sie zu dem Treffen mitkam.

In neue Überlegungen versunken ging Aurelia durch die Menschenmenge, die das Standbild des David vor dem Palast bestaunten.

Zu viele Gedanken würden Aurelia aber nur von Romina ablenken. Das Gespräch sollte einfach spontan laufen.

Die Frage würde die Antwort ergeben und noch wusste sie viel zu wenig von der jungen Frau.

Als Aurelia um die Ecke bog, und die Gasse zum verabredeten Treffpunkt erreicht hatte, schwebte ihr Romina fast entgegen. Aurelia

musste lächeln und dachte „Wie ein Schmetterling."

Daher sollte sie sicher auch diesen Anhänger
kaufen!

## 17. Kapitel

# Mädchenfragen

*D*er Anhänger mit dem Schmetterling war wirklich wunderschön. Woher hatte Aurelia nur gewusst, dass sie Schmetterlinge so schön fand? Nun saßen sie in dem kleinen Café und hatten gigantische Eisbecher vor sich. Damit würde sie am Abend sicherlich zwei Stunden laufen müssen, um das wieder von den Hüften zu bekommen und trotzdem ließ sie sich diese Leckerei schmecken.

Die Gouvernante hatte sich nur drei Kugeln genommen und löffelte langsam vor sich hin. Aurelia erzählte einen Witz nach dem anderen und Romina kam aus dem Lachen kaum heraus. So hatte sie sich immer eine Freundin gewünscht.

Schließlich war das Eis aufgegessen und Aurelia ließ sich einen Kaffee kommen. Romina entschied sich für einen Cappuccino.

Das Lachen ging trotzdem weiter, aber der Gesichtsausdruck der Gouvernante hätte den Kaffee gefrieren lassen können. So eine Spaßbremse.

Die mussten sie unbedingt loswerden. Bloß wie?

„Ich muss mal", sagte Romina und zwinkerte Aurelia so zu, dass es die Gouvernante nicht sehen konnte. Aurelia nickte und Romina erhob sich von ihrem Stuhl.

In dem Waschraum fielen Romina so manche Dinge ein, die man hier tun konnte. So mancher Film, den sie im Internet gesehen hatte, begann oder endete in solch einem Waschraum.

Zwar wollte Romina nur ihren Fluchtplan mit Aurelia besprechen, aber nun spürte sie, wie ihr das Blut in den Kopf stieg.

Das Spiegelbild über dem Waschtisch zeigte, dass ihre Wangen ein natürliches Rouge bekamen. Allerdings war es nun zu spät, um draußen die Sache richtigzustellen und einen neuen Anlauf zu wagen.

Es dauerte ein paar Minuten, bevor Aurelia in den Raum trat und ehe die Freundin etwas Fragen oder tun konnte, platzte Romina heraus „Wir müssen sie irgendwie loswerden!" Wovor hatte sie eigentlich Angst? Vor dieser mysteriösen Ausstrahlung, die von Aurelia ausging? Oder vor dieser Anziehungskraft dieser Frau, die Romina deutlich fühlen konnte?

Seit ihrem ersten Treffen hatte sie das Gefühl, Aurelia schon ewig zu kennen und auch diesen unbändigen Drang, sie einfach küssen zu müssen.

Nun standen sie wie Verschwörer in dem Waschraum und überlegten gemeinsam.

„Wir beide tragen Sandalen! Wir könnten ihr davon laufen!", erklärte Aurelia.

„Da bekomme ich sicher wieder Arrest auf-gebrummt!"

„Und wenn du ihr eine SMS schreibst?"

„Keine Ahnung! Vielleicht kann das helfen!"

„Versuche es einfach. Wenn wir dann auf die Gasse gehen, dann gebe ich dir ein Zeichen und wir laufen nach links zum Platz!", setzte Aurelia hinzu und zog einen Lippenstift aus ihrer Tasche.

Romina nickte und ging zurück zum Tisch. Die Gouvernante hatte argwöhnisch die Tür im Blick gehabt, auch wenn sie sich von ihrem Platz aus dazu ziemlich verbiegen musste. Nach ein paar Minuten erschien Aurelia, Romina bezahlte und alle erhoben sich.

Damit waren es nur noch ein paar Schritte bis zur Tür. Unmittelbar dahinter sagte Aurelia „Jetzt!" und sie rannten beide davon. Hinter ihnen rief die alte Frau etwas, was sie nicht hören konn-te. Ein paar hundert Schritte später schrieb sie eine SMS mit dem Text „Wir treffen uns in zwei Stunden beim David! Bitte sei mir nicht böse!" Würde das etwas nutzen?

Zwei Stunden Freiheit und so viele Fragen.

Aurelia zog sie in Richtung des Flusses und an dessen Ufer setzten sie sich nebeneinander auf eine Bank. Mit dem Blick auf den Arno überlegte Romina, wie sie das Gespräch beginnen sollte.

Hundertzwanzig Minuten und die Uhr tickte!

„Was willst du wissen?", fragte Aurelia, die wohl ihren inneren Kampf bemerkt hatte.

„Liebe und Sex!", platze es aus Romina heraus.

„Und was davon genau?"

„Alles!"

„Dafür reichen zwei Stunden kaum. Mancher lernt das sein ganzes Leben nicht!", erklärte Aurelia nachdenklich und Romina hing mit ihrem Blick an diesen wunderschönen Lippen.

„Wo fange ich da an?", fragte Aurelia sich selbst und sah in den Fluss. „Liebe und Sex sind zwei Dinge. Im besten Falle kommen sie zusammen, dann hast du das große Los gezogen. Sex ohne Liebe dient der Befriedigung des Triebes und Liebe ohne Sex ist meist unerfüllt, es sei denn, es ist die Liebe eines Kindes zu seiner Mutter. Einer Mutter zu ihrem Kind. Die Liebe zu einem Haustier, oder zu einem Freund, wobei es da auch Sex geben kann! Was weißt du schon darüber?"

„Bienen und Blumen?"

„Ach Gott!", stöhnte Aurelia auf und musste im selben Moment lachen. „Einst wusste ich noch nicht mal das!", setzte sie fort.

Aurelia legte eine kurze Bedenkzeit ein, offensichtlich, um zu überlegen, was sie ihr wohl sagen sollte. „Liebe ist etwas, was du mit dem Herzen sehen kannst. Meine Freundin Daria liebe

124

ich! Ich möchte sie zurück, denn meine Untreue und ihre Eifersucht hat diese Liebe vor ein paar Tagen zerstört. Alles krampft sich gerade in meinem Herzen zusammen, daher werde ich dir nicht viel von der Liebe erzählen, außer, dass du es merkst, wenn sie dir begegnet! Hier und hier!", dabei tippte Aurelia an Rominas Bauch und Brust.

Da war auch das Gefühl zu Julian am stärksten in ihr. War es also Liebe? Vielleicht!

„Nun zum Sex!", sagte Aurelia und die zuvor liebliche Stimme der Frau wurde eine Spur härter. „Da kommst du mit Bienen und Blumen nicht weit! Außer, dass die Jungen einen Stachel haben, der in deine Blume muss! Der Verschluss, denn du sicher noch vor deiner Scheide hast, der sieht wie die Knospe einer Blume aus. Es wird etwas wehtun, wenn diese Blume sich entfaltet. Das passiert, wenn das Glied da hindurchstößt, aber es wird danach immer schöner! Am besten ist es, wenn du dich fallen lassen kannst!"

„Was passiert dann?", fragte Romina neugierig nach.

„Der Orgasmus ist einfach nur die Krönung bei einem guten Sex!"

„Hattest du schon mal einen?"

„Einen? Hunderte! Den letzten heute Morgen!"

Aurelia schien eine Expertin zu sein. Der Himmel hatte ihr die richtige Freundin geschickt! Nun würde Romina alles erfahren können, was sie wissen wollte. „Ich will alles darüber wissen!", platzte es aus ihr heraus.

„Das geht nicht in einem Gespräch und auch nicht in den paar Minuten, die uns noch bleiben!"

„Schade! Treffen wir uns doch morgen einfach in meinem Haus!" Aurelia nahm nickend an und Romina schrieb ihr die Adresse auf.

In ihrem Zimmer waren sie auch ungestört! Sie erhoben sich von der Bank und schlenderten, Hand in Hand, zurück zum Stadtzentrum. Noch waren es ein paar Minuten bis zum David, aber selbst wenn die Gouvernante sie verpetzt hatte, so würden sie sich am nächsten Tag dennoch treffen können.

Romina blickte Aurelia von der Seite aus an und dachte an all die Dinge, die Aurelia kannte und ihr erklären konnte.

## 18. Kapitel
# Eine Nacht, ein Ball!

Ausgelassen tanzte Aurelia die große Freitreppe hinauf. Der Nachmittag war einfach nur herrlich gewesen und nun war sie auf die Nacht gespannt, die nun folgen würde. Es war keine Angst in ihr, nur Neugier!

Wie immer war es in diesem Prachtbau still und nur der alte Georg schien anwesend zu sein, denn er hatte ihr gerade eben die Tür aufgehalten. Wie kam solch ein riesiger Palast eigentlich ohne Personal aus? Vermutlich war das ein Geheimnis ihres Gastgebers.

Sie betrat das Zimmer und wie am Abend zuvor befand sich auch diesmal der Karton mit der roten Schleife auf ihrem Bett. Was würde sich wohl diesmal darin befinden? Gespannt lief Aurelia hinüber und nahm die darauf liegende Klappkarte in die Hand.

*„Trage heute NUR das! L. "*, war darauf zu lesen.

Aurelia legte die Karte zur Seite und öffnete den Karton, aber die große Kiste war leer! Was hatte das zu bedeuten? Wollte er sie damit prüfen? Sie würde ihm völlig nackt gegenüber treten müssen!

Luzifers Ansage vom ersten Abend fiel ihr wieder ein. Sie durfte sich seinem Wunsch nicht widersetzen, sonst würde sie Daria für immer an ihn verlieren. Den Fauxpas mit dem Slip am Abend zuvor hatte ihr Luzifer noch mit einem Lächeln abgenommen, allerdings hatte das groß geschriebene NUR eine deutliche, drohende Wirkung auf sie.

Aurelia hob den Karton an und kippte ihn aus, vielleicht war ja doch noch etwas darin. Und wirklich fiel eine weiße Maske heraus, die dieselbe Farbe wie der Boden des Kartons hatte und die Aurelia daher übersehen hatte.

Fragend hob Aurelia diese Maske an. Sie würde ihr ganzes Gesicht bedecken und sie damit für jeden unkenntlich machen. Aber wozu? Luzifer wusste doch, wie sie aussah. Wohin wollte er sie nackt bringen?

Und hatten die Dämonen am Abend zuvor nicht auch Masken getragen? Allerdings waren deren Masken nur für die Augen gewesen. Aurelia würde sich einfach überraschen lassen.

Es war so gar nicht ihre Art, sich einfach so fügen zu müssen. Bisher war sie immer der Teil gewesen, der bestimmte, wo es lang ging. Und nun musste sie die Kontrolle abgeben!

Es klopfte und Georg brachte ihr das Abendmahl. Wiederum war der Wagen mit allerlei ausgesuchten Köstlichkeiten bestückt. Damit dauerte es auch eine Weile, bis sie sich ihr Essen zusammengestellt hatte und mit einer Verbeugung entfernte sich Georg ohne ein Wort.

Mit dem Blick auf die Maske, die sich Aurelia auf den Tisch gelegt hatte, begann sie ihr Mahl. Was hatte der Mann vor? Sie würde diese Nacht einfach auf sich zukommen lassen, denn die Antwort auf ihr Nein wäre ja die ewige Verdammnis für Daria.

Das Essen war wirklich köstlich und wenn das die Hölle war, mit solch einem Catering, dann wusste sie nicht, wovor sich die Menschen eigentlich fürchteten. Aber ihr fiel auch ein, dass sie dort entweder mit Daria verbunden sein konnte, oder hier oben mit ihren beiden Kindern. Die Kinder und Daria würde sie nur haben, wenn sie diese sieben Nächte ohne Fehler überstand.

Während Georg abräumte, ging Aurelia in das Bad und duschte sich ausgiebig. Wenn man schon nichts anhatte, dann sollte man wenigstens sauber sein und in ein gutes Parfüm gehüllt.

Das Auswählen des Duftes war wohl die längste Aufgabe dabei, denn auf einem kleinen Tisch im Badezimmer standen über hundert verschiedene Flaschen von allen möglichen Marken.

Aurelia probierte sicherlich eine Stunde lang, bis der Wecker 21:30 zeigte und sie sich entscheiden musste.

Als es klopfte und Georg sie holen kam, sprühte sie sich ein, griff sich die Maske, die Georg hinter ihrem Kopf verschnürte, und machte sich mit dem Kammerdiener auf den Weg.

Unter ihren nackten Füßen spürte sie die Kühle des Abends auf den kalten Marmorfliesen, obwohl es ein heißer Tag gewesen war. Der Nachtwind wehte durch die geöffneten Fenster herein. Was würde diese Nacht ihr bringen?

Der Wind streichelte ihre nackte Haut und Aurelia spürte, wie ihr Herz vor Aufregung klopfte.

Derselbe Weg wie die Abende zuvor. Georg schob die Tür des Saales auf und Aurelia erstarrte. Sie hatte erwartet, dass Luzifer sie auch dieses Mal alleine empfangen würde, doch es waren hunderte Menschen in dem Saal. Sie unterhielten sich, tranken, liefen umher.

Die Frauen waren alle nackt und trugen Masken, so wie Aurelia, nur alle in Schwarz. Die Männer hatten Anzüge in allen möglichen Farben an. Selbst in schillernd grüner Kleidung waren einige der Herren gehüllt.

Sollte sie sich wirklich nackt unter die Menschen begeben? Aber ein Nein würde Daria für immer in der Hölle verschwinden lassen. Scham und Mut kämpften gerade in Aurelia.

Luzifer saß erneut am Kopfende des Saales auf seinem Platz, ihr genau gegenüber und diesmal stand ein leerer Stuhl neben ihm. Das würde wohl ihr Platz sein! Aurelia riss sich aus ihrer Starre und trat einen Schritt vor.

Der Mut siegte, denn niemand würde sie mit der Maske erkennen und hier waren alle Frauen so wie sie angezogen.

Luzifer erhob sich und rief „Unser Ehrengast ist erschienen. Erweist ihm eure Ehrerbietung!" Die Menschen machten eine Gasse zwischen der Tür und dem Sessel von Luzifer frei. Die Männer verbeugten sich, die Frauen machten einen Knicks und Luzifer kam ihr entgegen.

Mit ihr an seiner Hand ging er danach zurück zu dem Sessel.

Ihr Platz war nur ein schlichter hölzerner Stuhl mit Armlehnen. „Setz dich!", wies er sie an. Einfach so? Auf das Holz? Mit dem nackten Hintern? Vermutlich hatte Luzifer ihren Blick gesehen, denn er drückte sie einfach auf die Holzplatte nieder.

„Die Füße nebeneinander, die Arme auf den Armlehnen. Bleib so! Sieh zu und berühre dich nicht!", setzte er hinzu, nachdem sie sich auf dem Stuhl gesetzt hatte.

Den Rücken durchgedrückt und an das Holz der Lehne gepresst, versuchte Aurelia ihre Knie geschlossen zu halten, denn da der Stuhl auf einem Podest stand, hatten die Männer damit ihren Schoß direkt auf Augenhöhe vor sich. Es war ihr unangenehm, weil auch noch alle jetzt zu ihr sahen.

„Fangt an!", rief Luzifer und legte eine Hand auf die Mitte von Aurelias Oberschenkel. Schwer und warm ruhte sie dort. Die Musik einer kleinen Kapelle erklang. Geigen und Bratschen, ein Cembalo setzten ein.

So hatte Aurelia die Feste in Venedig in Erinnerung gehabt, als sie vor Jahrhunderten dort gewesen war. Nur das damals die Frauen festliche Kleider getragen hatte. Heute waren sie alle nackt.

Einige Pärchen begannen zu tanzen und Aurelia entspannte sich, da sie nun nicht mehr der Mittelpunkt der Aufmerksamkeit war.

Aurelia fragte sich, was sie hier tun sollte. Was war die Aufgabe? Zusehen wie die Paare tanzten? Aurelia wendete ihr Gesicht Luzifer zu und versuchte in dessen Zügen zu lesen, doch er blickte nur zu den tanzenden Paaren hinab.

Dann klatschte Luzifer in die Hände, wie am Abend zuvor. Die Musik verstummte und von rechts wurde ein kleines, viereckiges Podest in den Raum geschoben. Es war etwa drei Meter im Quadrat und keinen Meter hoch. Es schien mit rotem Samt bezogen zu sein und wurde nun direkt vor Aurelia positioniert.

„Sieh hin!", forderte Luzifer sie auf.

Und wieder trug er dieses Parfüm, das ihren Kopf füllte. Schon alleine dieser Duft würde reichen, dass ihr alles egal war.

Ihre Augen fixierten nun diese Plattform vor sich und noch bevor sie fragen konnte, legte sich die erste Frau darauf und einer der Männer beugte sich über sie. Die beiden hatten wilden, leidenschaftlichen Sex und Aurelia musste ihnen dabei zusehen.

Ein anderes Paar nahm danach diesen Platz ein.

Stundenlang ging das so weiter und Aurelia durfte sich nicht bewegen. Das Schnaufen, Keuchen, Stöhnen und die Leidenschaft der Menschen entflammten auch ihren Körper.

Aurelia fühlte, wie das Geschehen auf diesem Podest ihr die Schenkel öffnete. Sie spürte, wie es in ihrem Schoß pochte.

Nur zusehen zu müssen und nichts tun zu können, das war wirklich die Hölle.

„So habe ich Dante nach seinem Tod drei Jahre gequält, bevor ich ihn von dieser Strafe erlöst habe", erklärte ihr Luzifer, der wohl ihre Gedanken gelesen hatte.

Seine Hand ruhte immer noch auf ihrem Bein und verhinderte so, dass sie ihren Unterleib auf dem Stuhl reiben konnte. Luzifer würde es merken! Hätte er diese Hand nur ein bisschen höher gehalten, sie hätte sich daran reiben können, aber er hatte ihr verboten, sich zu bewegen.

Ihr innerstes stand schon lange in Flammen und Aurelias Atem verließ nur noch keuchend ihren Mund.

Alles in ihr sehnte sich nach Erlösung, aber sie durfte die Arme nicht von den Lehnen nehmen. „Bitte!", jammerte sie.

„Bleib!", legte Luzifer fest.

Nun begannen sich Gruppen zu lieben. Ein Mann mit mehreren Frauen, mehrere Frauen mit einem Mann. Auch ein paar Frauen liebten sich und alles in Aurelia war zum Platzen angespannt.

Es war eine Qual! Und keine Erlösung in Sicht.

Ihre Knie schlugen seitlich gegen die Halterungen der Armlehnen. Jeder konnte nun tief in ihren Schoß hineinsehen, doch das war ihr jetzt völlig egal.

Warum wurde sie so gequält? Für Darias Seele! Aber sie war kurz davor, ihre eigene Seele zu verlieren und sich selbst die Erleichterung zu verschaffen, nach der ihr Körper nun schon schrie.

Es würde nicht mehr lange dauern! Schon krampften sich ihre Finger um das Holz der Armlehne! „Bitte! Erlöse mich!", flehte sie Luzifer an.

Ein wohlwollendes Lächeln strich über Luzifers Gesicht. Erneut klatschte er in die Hände und das Podest wurde von den Paaren verlassen. „Nun ist es dein Platz!", sagte Luzifer laut und zeigte mit der Hand auf die Plattform vor ihr.

Mit zitternden Knien erhob sich Aurelia und sah, dass die Nässe ihres Schoßes auf dem Stuhl für eine große Pfütze gesorgt hatte.

Mit wackeligen Beinen ging sie die drei Schritte und legte sich mit dem Rücken auf das Polster. Einer der Männer trat zu ihr, nahm ihre Beine nach oben und stieß sofort tief in ihren nassen Schoß.

Aurelia kam mit einem Schrei bei diesem ersten Stoß. Wimmernd überrollte sie der Orgasmus.

Zwei Frauen hielten sie auf dem Podest und streichelten ihre Brüste, während der Mann sich langsam in ihr bewegte.

Jeder Stoß von ihm war ein neuer Höhepunkt für Aurelia.

Aurelias Körper war nur noch ein zuckender und wimmernder Haufen Fleisch. Sie warf sich auf dem Podest vor Lust hin und her.

Die Männer wechselten und mit verschleiertem Blick spürte sie nur viel später, wie Georg sie auf seine Armen hob und davontrug.

## 19. Kapitel
# Folgen einer wilden Nacht

ach dem Stand der Sonne, die gerade in ihr Zimmer schien, musste es schon kurz vor dem Mittag sein, als Aurelia in ihrem Bett erwachte. Alles tat ihr weh.

Unbeweglich dort liegend fragte sie sich, wie viele Männer es wohl am Morgen gewesen waren, doch Aurelia konnte sich nicht daran erinnern.

Die erlebten hunderte Höhepunkte hatten sie durchgeschüttelt und noch immer war Aurelia zu keiner Regung fähig. Ihre noch immer zitternden Beine verweigerten gerade den Dienst, allerdings hatte sie wohl zu ihrem Glück zu keinem der Männer Nein gesagt, denn sonst wäre sie vermutlich kaum im Bett aufgewacht.

Die Prüfungen Luzifers waren ziemlich hart.

Mit dem Blick in die Sonne dachte Aurelia an die Verabredung mit Romina, die sie am Nachmittag in ihrem Haus treffen wollte. In ihrer derzeitigen Verfassung würde es Aurelia aber aus eigener Kraft noch nicht mal bis in das Bad schaffen.

Mühsam setzte sie sich im Bett auf und griff nach dem Schalter der Klingel. Wenig später erschien Georg mit einer Verbeugung im Raum.

„Kannst du mir ein schönes, warmes Bad einlassen?", fragte Aurelia und Georg betrat das Bad. Sie hörte das Rauschen des Wassers und drehte sich zur Seite.

Nackt, die Beine am Bett herunterhängend, saß sie auf der Bettkante und konnte doch nicht aufstehen. Aurelia traute ihren Beinen nicht mehr. „Georg!", rief sie fast verzweifelt und der Diener trat zu ihr.

„Kannst du mich bitte in die Wanne tragen?", fragte sie.

Der alte Mann nickte, legte seinen Arm unter ihre Oberschenkel und mit der anderen Hand stützte er ihren Rücken. In dieser Art hatte er sie am Morgen auch aus dem Saal getragen, als sie nur noch ein wimmernder Haufen Emotionen gewesen war.

„Danke dir", hauchte sie.

Vorsichtig trug er sie in das Bad und setzte sie in der Wanne ab. Dass dabei seine Ärmel nass wurden, das schien ihn nicht zu interessieren. Das Schaumbad mit Lavendel roch herrlich und Aurelia legte sich einfach zurück. „Waschen kann ich mich selber", sagte sie noch und der Diener ging.

Als er die Tür des Bades hinter sich geschlossen hatte, fiel Aurelia ein, dass sie ja auch wieder aus der Wanne hinaus musste. Und der Klingelknopf war unerreichbar weit entfernt.

Aber zuerst brauchte sie die Entspannung. Langsam beugte sie sich nach vorn, drehte den Hahn zu, lehnte sich wieder zurück und genoss die wohltuende Wärme des Wassers, das gerade ihren Körper einhüllte.

An die Nacht zurückdenkend fragte sie sich, was Luzifer wohl in den noch kommenden Nächten mit ihr vorhatte. Der Teufel hatte ihr von Dante erzählt, und dass er den Mann auf dieselbe Art gequält hatte, wie sie in dieser Nacht, nur das Dante diese Qual jahrelang aushalten musste. Sie hatte schon nach Stunden um Gnade gewinselt.

Es hatte nicht viel gefehlt, und sie hätte versagt, aber Aurelia hatte auch diese Prüfung überstanden und war Daria damit eine weitere Nacht entgegengekommen.

Langsam begann sie ihren Körper zu waschen und dabei gleichzeitig zu massieren. Nur ihren Schoß ließ sie aus, denn der fühlte sich geschwollen und wund an.

In ihren Gedanken ging sie zurück zum Morgen im Saal. Solch eine Nacht hatte sie noch nie erlebt. Es war intensiv und explosiv gewesen.

Luzifer wusste aus den vielen Jahrtausenden sicher ganz genau, wie er eine Person an die Grenzen bringen konnte. Und ihre waren in dieser Nacht fast erreicht gewesen. Es hätte nicht mehr viel gefehlt, und Aurelia hätte beide Kinder für immer verloren.

Ihr Blick fiel auf die Uhr. Aurelia blieben nur noch anderthalb Stunden bis zum Besuch bei Romina und sie lag hier, war nicht in der Lage, einen Fuß zu bewegen und würde wohl auch nicht laufen können.

„So ein Mist!", stöhnte sie auf und tauchte unter. Die Haare zu waschen war nun erst einmal wichtiger! Vielleicht konnte sie danach Romina erreichen und noch absagen.

Mit dem Fuß angelte sie den Stöpsel und zog daran. Das Wasser lief ab und ließ sie in der leeren Wanne zurück. Zappelnd, wie ein Fisch auf dem Trockenen.

Mühevoll zog sich Aurelia am Wannenrand hoch, setzte sich auf die Kante der Wanne und trocknete sich ab. Das ging erstaunlich gut. Die Lebensgeister kamen langsam zu ihr zurück.

Konnte sie es aber wagen, aufzustehen? Mit dem Handtuch um den Kopf geschlungen, stemmte sie sich hoch und die Knie hielten!

Aurelia hätte jubeln können. Zwei Schritte bis zum Föhn. Zwei schmerzhafte Schritte, aber sie blieb oben.

Eine halbe Stunde später war sie trocken, parfümiert und angezogen. Auf der Bettkante sitzend überlegte sie, ob sie doch noch gehen sollte. Die paar Schritte vom Bad zum Bett waren schon beschwerlich gewesen und sie musste die Treppe hinab, um das Haus zu verlassen!

Zwar würde Georg sie, auf ihren Wunsch, zur Tür tragen, aber was dann? Und sie wollte den alten Mann nicht für ihr wildes Nachtleben leiden lassen.

Viel zu viel Gutes hatte er ihr schon in den letzten Tagen getan.

„Auf geht es!", sagte sich Aurelia laut und erhob sich. Es waren fünf Schritte bis zur Tür des Zimmers! Danach sicher hundert hinab!

Eines nach dem anderen!

Zuerst musste Aurelia den Raum verlassen. Da sie das Mittagessen ausgelassen hatte, begann nun ihr Magen zu knurren. Die Aussicht auf ein leckeres Eis zog sie nun vorwärts.

Mit zusammengebissenen Zähnen setzte sie Fuß vor Fuß.

Der Flur war erreicht!

Dann die Treppe.

Verzweifelt blickte sie die Stufen hinab.

Schritt für Schritt. Das sah sicher seltsam aus, wie sie ging, aber das reibende Gefühl zwischen ihren Beinen ließ eine andere Gangart im Moment noch nicht zu. Vielleicht sollte sie sich dann später „aus Versehen" ein Eis in den Schoß fallen lassen.

Unten an der Treppe verharrte sie einen Moment, bis der Gong der Standuhr sie aus dem

Haus trieb. Nur noch dreißig Minuten hatte sie bis zum Treffen.

Wenn man nicht gehen konnte, dann half vielleicht, dass man den Weg einfach entlang tanzte.

Aurelia versuchte es und es funktionierte.

In den Gassen waren zu dieser Zeit überraschend viele Menschen und bei jedem Mann und jeder Frau musste sie nun daran denken, ob diese wohl in der Nacht im Palast gewesen waren.

Aurelia hatte eine Maske getragen und war nackt gewesen. Nun trug sie ein leichtes Sommerkleid und daher würde sie sicherlich keiner der Männer erkennen.

Die Männer waren unmaskiert gewesen, als sie über ihr gewesen waren. Doch halb bewusst hatte sie nur den ersten Mann noch wahrgenommen.

Die weiteren danach nicht mehr und vielleicht war gerade dieser Mann, der sie jetzt anlächelte, mit Schuld an dem Gefühl in ihrem immer noch geschwollenen Schoß.

Was brachte ihr die nächste Nacht?

Im Moment wohl nur Schmerzen, und zwar selbst dann, wenn sie nur gestreichelt werden würde.

Aber zuerst kam nun das Treffen mit Romina!

## 20. Kapitel
# Das Pflücken der Blume

Schon seit dem Morgen war Romina aufgeregt, obwohl das Treffen erst nach dem Mittag mit Aurelia sein sollte. Schon seit Stunden lief sie wie ein Tiger im Zoo in ihrem Zimmer umher. Vom Bett zum Fenster und wieder zurück.

Die Andeutungen von Aurelia hatten sie in der Nacht nicht schlafen lassen. So viele Fragen suchten eine Antwort.

Fragen zum Sex, nicht zur Liebe, denn die hatte sie ja vermutlich schon getroffen. Zumindest war das Video auch in dieser Nacht wieder in Endlosschleife über ihren Bildschirm gelaufen.

Auch die Erklärung von Aurelia zu Bienen und Blumen hatte sie nicht ruhen lassen und am Abend hatte sie sich mit einem Spiegel von der Richtigkeit dieser Aussage von Aurelia überzeugt.

Es sah wirklich wie die Knospe einer Rose aus.

Nun waren so viele Fragen in ihrem Kopf und minütlich kamen neue dazu, verdrängten die alten und wurden nach ein paar Augenblicken wieder von anderen Fragen ersetzt.

Viele Filme hatte Romina schon im Internet gesehen, aber das kam ihr alles so unwirklich vor. Vermutlich musste man es selbst erlebt haben, dieses „Pflücken der Blume", wie es die Mutter vor Jahren so schön umschrieben hatte. Nach dem Spiegelbild wusste sie nun ein wenig, was die Mutter damals gemeint hatte.

Natürlich hatte sie sich mit ihrem Computer auch schon darüber informiert, aber mit einer Frau darüber zu reden, so ganz offen und frei, das war doch etwas anderes, als die trocknen Grafiken irgendwelcher Ärzte.

In ihren Erinnerungen sauste Romina zurück. Mit sechzehn war ein Arzt hier im Haus gewesen, der sie untersuchen sollte. Das war ihr alles irgendwie peinlich gewesen, sich vor dem sicher schon weit über sechzig Jahre alten Mann auszuziehen und ihm einen Einblick zu gewähren, denn ihr der Spiegel am Vorabend ebenfalls gezeigt hatte.

Der Arzt hatte sie gründlich untersucht und abgetastet. Zu gründlich, wie sie meinte! Wenn es eine Ärztin gewesen wäre, dann hätte sie vielleicht auch ein paar Fragen beantwortet bekommen, aber die Gouvernante war immer mit im Zimmer gewesen. Damit hätte Vater vermutlich am selben Tag noch alles gewusst.

Ewig dehnte sich die Zeit des Wartens auf Aurelia und mit jedem Blick zur Uhr verging die Zeit nur noch viel langsamer.

Würde Aurelia kommen? Versprochen hatte sie es ja.

Endlich fuhr ein Taxi vor und Aurelia stieg aus. Die Frau winkte von unten zu ihr hoch, passierte die Sicherheitskontrolle und war schon wenig später in ihrem Zimmer.

„Hübsch hast du es hier!", sagte Aurelia, nach einer herzlichen Umarmung.

Fünf Minuten später saßen sie an dem kleinen Tisch und nun waren alle Fragen aus ihrem Kopf verschwunden. Romina hätte sie aufschreiben sollen! Aber auch Aurelia war heute nicht so gesprächig, wie am Tag zuvor.

Aurelia blickte zum Tisch herunter und seufzte, dann begann sie „Also zum Sex! Er kann schön sein, er kann aber auch alles zerstören. Ich habe meine Beziehung mit Daria zerstört, weil ich nicht genug davon bekommen konnte. Nun muss ich um ihre Liebe kämpfen, aber der Sex lässt mich auch nicht mehr los!"

Das klang spannend und Romina hing mit ihrem Blick wieder an den Lippen der Freundin.

Aurelia hob den Kopf und schaute ihr direkt in die Augen. Da lag so eine Wärme und Liebe in diesem Ausdruck. Gleichzeitig auch eine Art von

144

Schmerz und Wehmut. Stark und zerbrechlich zugleich.

Für einen Moment sahen sie sich einfach nur über den schmalen Tisch hinweg an, dann nahm Aurelia Rominas Gesicht in beide Hände und küsste sie.

Diese Lippen waren so unglaublich zart, und obwohl sie zurückzucken wollte, küsste Romina sie einfach zurück, dann löste sich Aurelia kurz von ihr.

„Zum Sex gibt es nichts zu erklären! Den muss man erleben!", hauchte Aurelia und setzte den Kuss fort.

Aurelia wurde dabei immer leidenschaftlicher und nach ein paar Augenblicken schob sich Aurelias Zunge zwischen Rominas Lippen. Vorsichtig tastend schob Romina ihre Zungenspitze der von Aurelia entgegen. Zärtlich berührten sich die Zungen in Rominas Mund.

Das war alles so neu und ungewohnt, aber es fühlte sich so unglaublich gut an.

Sich weiter küssend fiel Romina plötzlich ein, dass die Tür noch nicht abgeschlossen war und wenn sie jemand hier mit einer Frau küssend vorfinden würde, dann wäre das Geschrei vermutlich ziemlich groß.

Nur widerwillig löste sich Romina aus diesem wunderschönen Kuss, verschloss schnell die Tür und kam zurück in die Arme von Aurelia, die nun aufgestanden war und vor dem Bett stand.

„Möchtest du erleben, wie sich Sex anfühlt?", fragte Aurelia.

„Mehr als alles andere", flüsterte Romina.

Nun begannen Aurelias Finger sie zu streicheln. In Romina waren weder Scheu noch Angst, denn sie wollte es nun endlich wissen und drückte sich Aurelia entgegen.

Rominas ganzer Körper begann so schön zu kribbeln.

Sich immer noch umarmend und gegenseitig streichelnd schoben sie sich in Richtung des Bettes voran. Dort angekommen fragte Aurelia „Willst du wirklich?"

„Ja! Mach schon!", entgegnete Romina, fast ein wenig ungehalten. Wollte die Freundin jetzt einen Rückzieher machen, wo doch Rominas ganzer Körper schon danach verlangte?

Aurelia beugte sich über das Bett und zog die Bettdecke zur Seite. Danach wendete sie sich wieder Romina zu und begann sie langsam auszuziehen.

Einen Knopf nach dem anderen öffnete Aurelia, dann streifte sie Romina die Bluse von den Schultern. Fast wie in Zeitlupe zog Aurelia den Reißverschluss an Rominas Rock nach unten. Das Kleidungsstück rutschte von selbst über Rominas Hüften und fiel zu Boden, während sie sich schon wieder küssten.

Streichelnd öffnete Aurelia den Verschluss des BHs und ließ ihn zu Boden fallen. Mit zwei Fingern streifte Aurelia jetzt Romina den Slip von den Beinen.

Zärtlich zogen nun Aurelias Finger streichelnd über Rominas nackten Leib und ließen dabei eine Gänsehaut zurück.

Unendlich langsam bewegte sich Aurelia, bis sie Romina mit dem Rücken in das Bett drückte. Erst jetzt zog sich auch Aurelia aus und Romina blickte erwartungsfroh zu der Freundin auf.

Was würde jetzt kommen?

Aurelia beugte sich herab, fuhr mit ihrer Hand über Rominas Schoß und ließ dann ihre Finger vorsichtig ein kleines Stück in sie gleiten, wobei Romina lustvoll aufstöhnte und sich im Bett zurückfallen ließ.

Romina genoss die Berührungen der Freundin. Nun zog Aurelia ihr die Knie auseinander und kniete sich zwischen Rominas gespreizten Schenkel.

„Genieße es!", hauchte sie und vergrub ihren Kopf in Rominas Schoß.

Romina spürte, wie Aurelia sie dort zärtlich küsste, dann schob sich Aurelias Zunge in ihre Vulva und Romina blieb fast der Atem fort.

Dieses Gefühl war sehr intensiv und nach einer Weile fühlte Romina, wie sich ihre Lust immer weiter steigerte.

Der von Aurelia so zärtlich verwöhnte Schoß pochte und jede Berührung dort jagte Wellen durch Rominas Körper.

Aurelia leckte ausgiebig über ihre Vulva und massierte Rominas Brust zugleich! Ein Zittern durchlief Rominas ganzen Leib unter Aurelias Fingern und Zunge.

Romina begann vor Lust zu keuchen und wenig später erreichte sie ihren ersten Höhepunkt. Sie bäumte sich auf und stöhnte ganz laut „Ja, ja." Aurelia streichelte sie zärtlich einfach weiter.

## 21. Kapitel

# Am Ende des Weges?

Keuchend lag Romina in Aurelias Arm. „Das war so schön!", hauchte Romina, als sie wieder Luft bekam und Aurelia streichelte die junge Frau einfach weiter. Nackt lagen sie aneinander geschmiegt in dem Bett und der Nachmittag verging langsam.

Die Schmerzen der letzten Nacht waren nun auch endlich in Aurelias Körper abgeklungen und nun genoss sie das Streicheln der jungen Frau.

„Mein erstes Mal und gleich einen Orgasmus!", flüsterte Romina versonnen.

„Dein erstes Mal hast du noch vor dir. Das war nur einfach Streicheln! Petting!"

„Dass das so schön sein kann, das hätte ich nie geglaubt!", stöhnte Romina.

„Hast du es dir wirklich noch nie selbst gemacht?", fragte Aurelia neugierig nach.

„Nein! Ich danke dir, dass du es mir gezeigt hast!"

„Keine Ursache. Es hat mir auch sehr gefallen!", erklärte Aurelia und küsste Romina erneut.

Doch der Kuss weckte den Kummer um den Verlust von Daria. Die körperlichen Schmerzen hatten ihn kurzzeitig verdrängt, doch das Strei-

cheln der jungen Frau war den zärtlichen Liebko-
sungen von Daria viel zu ähnlich.

Tränen stiegen Aurelia in die Augen und sie
musste schniefen.

„Was ist?", fragte Romina.

„Es ist wegen Daria! Heute Abend muss ich
wieder um sie kämpfen!"

„Ist es nicht falsch, dass wir hier in diesem
Bett liegen?"

„Wieso? Wegen Daria?"

„Nein! Zwei Frauen!", sagte Romina.

„Warum sollte das falsch sein? Hat es dir
denn nicht gefallen?"

„Doch! Es war wunderschön!"

„Na dann. Lass diese unnützen Grübeleien!",
entgegnete Aurelia und ihre Lippen suchten den
Mund von Romina.

Sich gegenseitig weiter zärtlich streichelnd
ging die nächste halbe Stunde dahin, bis Romina
fragte „Darf ich auch mal?"

„Wenn du möchtest!" Schon war Aurelia auf
den Rücken gedrückt und nun nahm Romina den
Platz zwischen Aurelias Schenkeln ein.

„Du bist so wunderschön!", flüsterte Romina
und küsste Aurelias Schoß, der sich nun nicht
mehr ganz so geschwollen anfühlte.

Romina war ziemlich begabt und in den nächsten zehn Minuten tat sie alles dafür, das Aurelia ihren Schmerz völlig vergessen konnte.

Schließlich lag dann Aurelia schnaufend im Bett. Sie hatte sich in die Hand gebissen, um nicht den ganzen Palast zusammenzuschreien.

Mit einem Streicheln ließen sie ihr Zusammensein auch wieder ausklingen, aber eine gemeinsame Dusche war noch möglich.

„Morgen können wir uns nicht sehen! Ich fliege mit meinem Vater nach Mailand, um eine Modenschau vorzubereiten", erklärte Romina zum Abschied und schon war Aurelia auf dem Rückweg.

Da sie noch Zeit hatte, ging sie zu Fuß. Die Schmerzen in ihrem Unterleib waren auch verschwunden.

Schlendernd durchquerte Aurelia die Stadt und war pünktlich vor dem Palast von Luzifer. Überpünktlich, aber der durch Romina erlebte Orgasmus hatte Aurelia hungrig gemacht und Georg würde ihr sicher ein leckeres Mahl zaubern können.

Mit dem Betreten des Schlosses ließ Aurelia den Tag hinter sich und fragte sich, was wohl ihre Aufgabe für die nächste Nacht sein würde.

Ein Mann in der ersten Nacht, zwei Männer in der zweiten und ganz viele in der dritten! Das ließ sich vermutlich nicht mehr toppen, es sei denn, dass Luzifer nach dem dritten Mann gestoppt hatte, aber ihr Schoß hatte am Morgen etwas anderes verkündet.

Aurelia eilte die Treppe hinauf, stürmte in ihr Zimmer und öffnete die Kiste, die auf ihrem Bett für sie bereitstand. Ein Jogginganzug befand sich darin! War das wirklich sein Ernst? Für einen Moment musste sich Aurelia auf das Bett setzen.

Sie zog den Anzug heraus, aber es lagen nur noch ein Paar Sportschuhe darunter. „Na dann!", sagte sie zweifelnd, denn noch nie hatte sich Aurelia etwas aus Sport gemacht.

Der einzige Trost war, dass sie unsterblich war. Allerdings überlegte sie nun, was sie essen sollte. Ihr Magen knurrte, aber wenn Luzifer sie dann später irgendwo herumscheuchen würde, dann wäre ein voller Magen sicher nicht richtig.

Kohlenhydrate für die Energie! Vielleicht Nudeln?

Aurelia klingelte nach Georg und bestellte sich bei ihm Makkaroni und einen Salat. Dazu noch etwas Süßes als Nachspeise!

Das Essen kam schnell und war, wie immer, vorzüglich. Selbst so ein einfaches Mahl wie dieses hier schmeckte hervorragend.

Nach dieser Mahlzeit setzte sich Aurelia an das Fenster und dachte an die anderen Abende zurück.

Lilith hatte sie vor Luzifer gewarnt. Er konnte liebenswürdig und schmeichlerisch sein, oder auch grausam und gewalttätig. Vor ihm musste sie sich wirklich vorsehen! Zwar hatte sie das schon vorher geahnt, aber nun wusste sie es.

Die liebenswürdige Art des ersten Abends und die Qual an den beiden folgenden sprachen für sich. Hinter allem lag ein Plan. Luzifer wollte ihre Seele haben! Und wenn Aurelia an die Schmerzen des Morgens zurückdachte, dann wäre es ihr so sicher nicht möglich gewesen, nun zu rennen.

Nur durch Rominas Hilfe war sie nun wieder fit.

Als es Zeit wurde, nahm sie die Sportsachen, aber Unterwäsche war wieder nicht dabei. War das seine Absicht? Vermutlich ja! Erneut dachte sie an Luzifers Worte.

Aurelia sollte ohne BH laufen. Prüfend nahm sie ihre Brüste in die Hand. Beim laufen würden die schweren Brüste gegen ihren Oberkörper schlagen, aber wenn es sein musste. Es würde schwierig, doch sie würde die Zähne zusammenbeißen und auch das ertragen, denn sicher war auch das nur ein Mittel zum Zweck!

Luzifer wollte ihr ein Nein oder eine Ablehnung seines Wunsches entlocken!

Nachdem sie die Schnürsenkel festgezogen und doppelt gesichert hatte, klopfte Georg.

An der Seite des Dieners ging Aurelia den ihr nun schon gut bekannten Weg.

Wie immer kam ihr Luzifer im Saal entgegen und im Lift nach unten fragte er „Du hast doch sicher keine Unterwäsche an?"

Aurelia wollte schon „Nein!" sagen, aber das lauernde Lächeln von Luzifer stoppte sie zum Glück im Ansatz.

Stattdessen öffnete sie einfach ihre Jacke und zeigte ihm, dass sie darunter nackt war. „Wie viele Männer waren das eigentlich heute früh?", fragte sie.

„Nach einem Dutzend ist die Sonne aufgegangen, aber du hättest sicherlich alle geschafft!"

„Ich bin ein Engel und damit unsterblich!"

„Unersättlich hätte ich es eher genannt!", setzte er ihr lächelnd entgegen, als sich die Türen des Liftes öffneten.

Sie durchschritten den schon bekannten Gang und Luzifer öffnete die Tür, die zu der Kammer führte. Diesmal stand ein Laufband darin.

Mit einer Handbewegung bat er sie, darauf aufzusteigen. Jegliche Freundlichkeit war hier in diesem Raum sofort aus seinem Gesicht gewichen. Hatte er im Gang noch mit ihr gescherzt, so hätte sein Blick Aurelia nun getötet, wenn sie sterblich gewesen wäre.

„Nun darfst du um Darias Seele laufen! Und renn auch um dein eigenes Leben! Wenn du ohnmächtig wirst, vom Band kippst oder langsamer als 10 km/h wirst, dann gehörst du mir für immer! Bereit?"

Aurelia nickte und begann zu laufen.

Vor ihr an der Wand war eine große Geschwindigkeitsanzeige angebracht. Würde er sie wirklich die ganze Nacht durchlaufen lassen? Der Blick seiner Augen sprach dafür.

Mit verschränkten Armen stand Luzifer an der Seite und sah ihr zu.

## 22. Kapitel
# Träume und Wünsche

*E*s war bombastisch, großartig und explosiv gewesen. Romina tanzte vor Freude in ihrem Zimmer herum. Seit ein paar Stunden war Aurelia nun schon fort und dennoch liefen die Glücksgefühle in ihrem Körper immer noch Amok. Alles, was Romina jemals gehört, gesehen oder darüber gelesen hatte, war nur ein schwacher Schatten dessen, was sie nun erlebt hatte.

Dabei war das alles nur durch ein paar Küsse und Streicheleien geschehen. Wie mochte es dann erst sein, wenn sie wirklich Sex haben würde? Mit einem Mann! Mit Julian, an dem ihr Herz nun schon viel zu lange unbefriedigt hing.

In ihrem derzeitigen Hochgefühl hätte sie einfach aus dem Fenster springen können, ohne an die Konsequenzen zu denken. Sie wollte nur noch zu Julian, aber alles, was sie hatte, war sein Video in Dauerschleife, das gerade wieder im Fernseher lief.

Viel später kam die Vernunft zurück und der Verstand unterdrückte die Glücksgefühle.

Am nächsten Morgen würde sie für einen Tag mit dem Vater nach Mailand fliegen. Schon ewig freute sie sich darauf, dort eine der bekanntesten

Modedesignerinnen Italiens zu treffen und mit ihr ein paar Entwürfe zu besprechen, die sie selbst gemacht hatte und von denen Vater einen auf dem Laufsteg in ein paar Wochen zeigen wollte.

Aus all ihren Entwürfen wählte sie nun die Besten aus, stellte am Tisch damit die Mappe zusammen und immer wieder sah ihr Julian vom Fernseher aus dabei zu.

Romina musste die Designerin einfach mit ihrer Arbeit beeindrucken und wenn das klappen würde, dann konnte sie vielleicht auch bei der Frau in die Lehre gehen. Das Beste daran wäre aber, dass sie dann in Mailand wohnen würde. Zwar in Vaters Wohnung, aber weit genug von ihm entfernt.

Das freie Leben der Modewelt warf schon mal seine Schatten voraus.

Die Tasche musste auch noch gepackt werden, denn gegen 05:30 Uhr wollten sie zum Flugplatz fahren.

Zwar konnte Vaters Privatflugzeug jederzeit dorthin fliegen, aber die Besprechung begann schon um sieben. Eigentlich eine sehr frühe Zeit in der Modewelt, aber die Designerin hatte den Termin noch in ihren Kalender hineingeschoben und das war dann die einzige Möglichkeit für ein Treffen gewesen.

Romina würde einen Tag und eine Nacht in Mailand verbringen, aber sicher immer unter Vaters Kontrolle. Also würden Partys dabei noch tabu sein! Später würde es die sicher geben.

Partys und Sex! Sex und Partys!

Jede Nacht eine andere Feier. So stellte sich Romina das zumindest vor, nach den Filmen, die sie bisher gesehen hatte.

Ein schillerndes Leben im Blitzlichtgewitter. Aurelia hatte erzählt, das ihre Freundin Daria Fotomodel war und ihre Schwester Petra, als Designerin, die Mode für Daria entwarf.

So wollte Romina auch leben! Erfolgreich und anerkannt, aber sie wollte nicht als Jungfrau unter all den Models sein. Das war ihr irgendwie peinlich.

In ihrer Vorstellung redeten alle von Sex und sie noch von Blumen und Bienen.

In manchem Traum hatten die anderen Frauen über sie gelacht und mit Fingern auf sie gezeigt. Nun wusste Romina, dass sie diesen Makel schon bald verlieren würde.

Mit Julians Hilfe!

Lächelnd sortierte sie die Zeichnungen noch einmal neu. Das gewagteste Kleid kam nun ganz nach oben!

Es war schon weit nach Mitternacht, als die Tasche und die Mappe für den Flug bereit waren.

Was sollte sie nun tun? Duschen und Schlafen? Schlafen würde sie sicherlich vor Aufregung nicht können, aber sie ging unter die Dusche.

Eigentlich hatte sie sich damit beruhigen wollen, doch der warme Wasserstrahl auf ihrer Haut erinnerte Romina viel zu sehr an die Finger von Aurelia, als die Freundin sie gestreichelt hatte.

Aus irgendeinem Grund war das genau vor diesem wichtigen Flug geschehen. War es Zufall? Vermutlich nicht! Vielleicht schon eine Einstimmung auf das, was sie später in Mailand erwarten würde. Eventuell auch dort mit Julian, wenn er sie begleiten würde.

Die Dusche machte sie nicht schläfrig, wie das früher oft gewesen war, sondern holte wieder diese schönen Gefühle aus der Tiefe ihrer Seele hervor.

Es schien Romina so, als hätten Aurelias Finger da etwas in ihr geweckt, was seit Jahren geschlummert hatte. Ein seltsames Raubtier, das keine Beute wollte, sondern nur Sex! So, wie eine rollige Katze, die eine Maus ignoriert und vor Lust nach dem Kater schrie.

Immer noch stand sie unter der Dusche und ihre Finger suchten diesen Punkt tief in ihr, den Aurelia am Nachmittag gedrückt hatte. Diesen An-Schalter! Mit einer Hand gegen die Fliesen gestützt tastete sie sich vor, bis sie nach Luft schnappte. Da war er! Dort, wo sich ihre Schamlippen berührten, da war ein kleiner, ertastbarer Punkt, der ihr eine solche Wollust durch den Körper jagte.

Bisher war Romina dort noch nie so intensiv auf Erkundung gegangen. Einmal Streicheln oder darüber streichen beim Anziehen, aber noch nie so!

Das Raubtier in ihr brüllte und Romina stand keuchend unter dem Wasserstrahl. Wenn der Vater sie jetzt so sehen würde, dann wäre der Flug sicher für sie gestrichen, aber das fremde Raubtier wollte zufriedengestellt werden.

Die Lust verdrängte wieder den Verstand.

Ein paar Minuten später saß sie mit gespreizten Schenkeln auf dem Boden der Dusche. Sie hatte die Finger der einen Hand in ihrer Vulva versenkt und biss sich in die andere Hand.

Wellen der Lust schüttelten sie durch und das Tier in ihr begann zu schnurren. Das machte sie auch so schön schläfrig und sie hätte hier in der Duschkabine einschlafen können.

Mühsam stemmte sich Romina hoch, trocknete sich ab und ging im Nachthemd zu ihrem Bett zurück. „Danke Aurelia!", hauchte sie und die Katze in ihr rollte sich zusammen.

Doch das Video von Julian lief noch! Das weckte das Raubtier ein paar Minuten später wieder auf.

Tastend gingen ihre Finger erneut auf eine Reise, aber sie stießen nach ein paar Zentimetern auf diesen verdammten Widerstand! Bei Aurelia konnte sie die Finger ganz tief hineinschieben. In ihrem Schoß passten nur die Fingerspitzen. Das war unfair!

Romina rollte sich auf den Rücken, schloss die Augen und stellte sich vor, dass es Julians Finger waren, die sie an dieser intimen Stelle untersuchten.

Mit dem Wunsch glitt sie langsam in den Traum hinüber. Traumwelt und Realität verwischten in diesem Moment. Alles zog sich in ihr zusammen und sehnte sich nach Erlösung.

Romina wollte befreit werden und Julian war ihr Befreier!

Diese ungeahnten Glücksgefühle fluteten ihren Körper erneut und diesmal biss sie in die Kante des Kissens, denn beide Hände waren beschäftigt.

Aus dieser Hochstimmung holte sie das Piepsen des Weckers wieder heraus. Obwohl sie nicht geschlafen hatte, strahlte sie eine erfrischte und gut gelaunte Romina aus dem Spiegel an.

„Showtime!", rief sie sich mit einem Lächeln zu. Die Designerin musste ihr einfach den Auftrag geben und es würde das heißeste Kleid sein, dafür würde sie kämpfen, auch wenn es Vater missfiel.

## 23. Kapitel
# Entspannung pur

*L*uzifer hatte Aurelia wirklich laufen lassen und erst als der Kilometerzähler an dem Laufband auf 100 km gesprungen war, hatte er sie endlich erlöst. Nach mehr wie acht Stunden! Anschließend hatte Georg sie in das Zimmer getragen und auf dem Bett abgelegt.

Hier lag sie nun schon ein paar Stunden und alles tat ihr weh. Aurelia spürte jeden einzelnen Muskel. Selbst an Stellen, an denen sie nicht mit Muskeln gerechnet hatte. Ächzend hob sie die Beine aus dem Bett und blieb auf der Kante sitzen. Der Gang zur Toilette würde nun ein Hindernislauf werden.

Sie streckte ihren Arm aus und konnte gerade so den Knopf mit den Fingerspitzen erreichen. Wenig später erschien Georg in der Tür und sie fragte ihn „Kann ich hier eine Massage bekommen? Ich kann mich nicht mehr bewegen!"

Der alte Diener nickte und gab den Weg für sie frei, doch sie winkte stöhnend ab. „Kannst du mich bitte dorthin tragen?", bettelte sie den Mann förmlich an.

Wie schon so oft nahm er Aurelia auf den Arm, trug sie die Treppe hinab und dann einen langen Gang nach hinten hinaus.

Nach ein paar Türen öffnete sich vor ihr ein großer Raum und sie standen vor einer kleinen Palme. Der Raum war bestimmt hundert Meter lang und zum Teil an der Seite verglast. Die Bäume eines kleinen Parks sah Aurelia durch die Glasscheiben.

Im vorderen Bereich standen Pflanzen und Liegestühle, daran schloss sich ein Schwimmbecken von etwa 25 Metern Länge an und dahinter befand sich ein Bereich mit Sportgeräten. Bei deren Anblick stöhnte Aurelia allerdings gequält auf.

Das Licht vom Park spiegelte sich auf einer ruhigen Oberfläche in dem Pool und von irgendwo klang ganz leise Entspannungsmusik zu ihr herüber.

Georg trug Aurelia durch den Palmengarten am Pool entlang. An dessen Seite zeigte sich ihr ein offener Raum, den sie aber erst bemerkte, als sie bereits davor angelangt waren.

Dort wartete eine junge Frau, die sich vor ihr verbeugte und danach sagte „Ich bin Aruma. Du möchtest eine Massage?" Die Frau trug eine hellblaue Bluse und eine weiße kurze Hose. Ihre Gesichtszüge waren ganz deutlich asiatisch und sie zeigte mit der Hand auf eine Massagebank neben sich.

Georg stellte Aurelia davor ab, verbeugte sich und entfernte sich wieder. Auf diese Bank stützte sich Aurelia, während Aruma ihr den Schlafanzug abstreifte.

Nackt legte sich Aurelia mit dem Rücken auf die Bank und mit etwas Massageöl, das herrlich duftete, begann Aruma Aurelias Arme mehr zu streicheln, als zu massieren. Ihre zarten Finger verteilten das Öl auf den Schultern, dem Bauch, Aurelias Brüste wurden besonders zärtlich massiert und auch Aruma konnte sicherlich deutlich sehen, dass es Aurelia gefiel.

Von den Brüsten ging es wieder zum Bauch zurück und von dort die Oberschenkel entlang bis zu den Füßen hinab. An den Innenseiten der Beine strichen Arumas Finger bis zu Aurelias Schoß zurück. Ohne, dass da Massageöl dran war, begann vermutlich gerade Aurelias Schamhaar zu glänzen und Aruma ließ sicher deswegen ihre Hand länger auf dem kleinen gelockten Dreieck liegen, als es nötig gewesen wäre.

Die Wärme ihrer Hand begann Aurelias Schoß zu öffnen.

„Dreh dich auf den Bauch", flüsterte Aruma und Aurelia drehte sich auf der Bank um.

Nun waren ihr Rücken, die Schultern und der Po an der Reihe. Aurelia hatte sich mit leicht gespreizten Beinen hingelegt und so glitten die Hände von Aruma auch zwischen Aurelias Schenkel. Mit geschlossenen Augen genoss sie diese Berührung und stöhnte dabei leicht auf.

Aurelia spürte, wie sich ihr Schoß immer weiter öffnete und wie ihr Blut ihre Vulva zum Pochen brachte.

Diese Massage von Aruma war wirklich atemberaubend.

Offenbar hatte Aruma sehr viel Erfahrung, denn schon lange hatten ihre Finger den Muskelkater vertrieben. Nun glitten sie an eine Stelle, die gar nicht geschmerzt hatte, aber ebenfalls einer entspannenden Massage bedurfte.

Es dauerte nicht lange, bis Aurelias Herz wie verrückt zu schlagen begann, denn viel zu tief rieben sich Arumas Finger in ihr.

Aurelia begann stoßweise zu atmen und alles zog sich in ihr zusammen. „Nur noch ein bisschen", stöhnte sie auf. Dann entspannte sich alles in ihr und Aurelia schrie die Anspannung aus sich heraus.

Zuckend lag sie auf der Bank und Sterne tanzten um sie herum.

Nachdem ihr Körper wieder zur Ruhe gekommen war, erhob sich Aurelia von der Bank, bedankte sich bei Aruma mit einem Kuss und ging zum Rand des Beckens.

Nichts tat ihr mehr weh. Alle Muskeln waren locker und entspannt. Zur Abkühlung sprang sie in das Schwimmbecken und auf einen Wink von ihr folgte auch wenig später Aruma nackt in den

Pool. Dort tollten sie wie Kinder durch das warme Wasser.

Da sie ja Romina an diesem Tag nicht treffen konnte, hatte sie bis gerade eben noch daran gedacht, den Tag einfach im Palast zu verbringen, doch nun, da es ihr wieder besser ging, beschloss Aurelia, erneut in die Stadt hinauszugehen.

Aurelia schwamm zur Treppe und Aruma half ihr aus dem Pool, trocknete sie noch ab und gab ihr einen Bademantel, damit Aurelia nicht im Schlafanzug durch die Gänge des Palastes laufen musste.

Mit einem weiteren Kuss bedankte sich Aurelia für diese Umsicht und Aruma verabschiedete sie mit einer erneuten Verbeugung.

Herrlich entspannt und fast tanzend lief Aurelia den Flur entlang und stieg die Treppe zu ihrem Zimmer empor. Dort wartete schon das Frühstück auf sie und der Kaffee war sogar noch heiß. Wie machte Georg das nur?

Frisch gestärkt machte sie sich auf den Weg zur Stadt.

Die große Uhr im Eingangsbereich zeigte schon 14:00 Uhr, als sie die Tür hinter sich in das Schloss zog. Es würde nur ein kurzer Ausflug werden. Aurelia würde Bummeln und Schoppen, oder vielleicht auch eine leckere Pizza essen, wenn man schon in Italien war.

Als sie die kleine Pizzeria betrat, da fiel ihr die Kinnlade herab, denn vor ihr stand Romeo! So, wie sie ihn einst durch ihren Pfeil in sein Verderben und in Julias Arme gebracht hatte.

Da gab es keinen Zweifel! Selbst die Haare trug er so, wie mehr als fünfhundert Jahre zuvor. Nun waren alle Ungewissheiten fort. Gott hatte ihr zugezwinkert und Aurelia eine zweite Chance gegeben. Damit konnte sie ihren Fehler von damals wieder gutmachen.

Aurelia winkte den jungen Mann zu sich und bestellte sich eine große Pizza. Offensichtlich war er hier als Kellner beschäftigt. Da gerade nicht viel in diesem Lokal los war, bat sie ihn einfach neben sich auf die Bank und teilte ihre Pizza mit ihm. Freudig stimmte er zu und beim Zerteilen der dampfenden Pizza kamen sie in ein Gespräch.

Da Aurelia ein Engel der Liebe war, konnte sie sich schnell in die Gefühle der Menschen hineinbegeben und somit wurde die Unterhaltung immer vertrauter.

Sie lachten miteinander und teilten sich auch noch eine Cola.

## 24. Kapitel

# Die Stille im Lärm

*B*ei einer der leckeren Pizzen von seinem Chef saß Julian neben der Frau und fragte sich gerade, warum er ihr sein Herz ausschüttete. Er erzählte ihr von der Schule, vom Mobbing der anderen und davon, dass bisher keines der Mädchen auch nur einen zweiten Blick auf ihn geworfen hatte.

An jedem anderen Tag wäre ihm solch eine Beichte peinlich gewesen, doch dieser Frau erzählte er einfach davon.

Und es war wohl ein glücklicher Zufall gewesen, dass er im Moment gerade einen der Kellner von Alfredo für eine Stunde vertreten hatte. Sonst wären sie wohl kaum aufeinander getroffen. Die Frau war wirklich schön mit ihren blonden Locken und dem roten Mund, der so sinnlich lächeln konnte.

Am Tisch in der hintersten Ecke des Lokals waren sie praktisch ungestört. Der Andrang des Mittags war vorbei und nun würden die nächsten Gäste sicher erst am Abend wieder hungrig in die Pizzeria einfallen. Damit hatten sie genug Zeit zum Quatschen.

„Wer soll sich schon für mich interessieren? Ich lebe hier oben auf fünf Quadratmetern in einer Kammer. Ich spare jeden Euro, weil ich mal studieren will. Da gehe ich eben auch nicht fort", erklärte er und Aurelia fragte einiges zu seinen Zukunftsplänen nach.

Julian erzählte von seinem geplanten Studium der Architektur und was er da für Ziele hatte. Dieses Gespräch gefiel ihm ausgesprochen gut. Mit seiner Mutter hatte er früher nie so reden können. Vielleicht war er auch deshalb aus dem Süden hier her, in die große Stadt, geflohen.

Dann zeigte er ihr das Bild von Romina, das er bei ihrer Rettung mit dem Handy aufgenommen hatte.

„Ich kenne sie. Das ist Romina!", erklärte die Frau und nun kamen sie in eine Vertiefung des Gespräches über Romina und über Mädchen an sich.

Bei der Erzählung Aurelias über Romina machte sich in ihm erneut die Erkenntnis breit, dass so eine junge Frau, wie Romina, sich sicherlich nicht mit solchen einem Loser wie ihm abgeben würde.

Traurig blickte Julian in die Cola und schluckte seine Kummer runter.

„Was ist?", fragte Aurelia.

Er entgegnete „Was sollte sie wohl mit mir? Bisher war ich keiner Frau so nah, das da irgendetwas hätte passieren können!" Julian nahm ei-

nen neuen Schluck Cola, um den bitteren Nach-
geschmack seiner Worte hinunterzuspülen.

„Ein unbeschriebenes Blatt", sagte Aurelia
leise und küsste seine Wange.

Julian spürte, wie er dabei rot im Gesicht
wurde.

„Und du warst wirklich noch nie mit einer
Frau zusammen?", fragte Aurelia noch einmal
nach.

Nun spürte er, wie seine Ohren zu glühen
schienen und das war ihr wohl Antwort genug.

Aurelia trank einen Schluck Cola, beugte sich
zu seinem Ohr und fragte leise „Möchtest du?"
So oft hatte er sich vorgestellt, wie es wohl sein
würde, sein „erstes Mal" und nun war er so dicht
davor und traute sich nicht, einfach nur „Ja!" zu
sagen.

Ein einzelnes kleines Wort, zwei Buchstaben,
standen nun zwischen ihm und seinem Traum,
den er in so mancher Nacht gehabt hatte.

„Du hast gesagt, dein Zimmer ist oben?",
fragte die Frau, ohne eine Antwort auf die vorher
von ihr gestellte Frage erhalten zu haben. „Ich
könnte da was mit Romina einfädeln, aber da
brauchst du ein bisschen mehr Erfahrung!", setzte
sie noch hinzu, während sie schon nach seiner
Hand griff.

Suchend blickte Julian sich um, aber niemand
sah gerade zu ihnen. Er nickte und erhob sich von

der Eckbank. Direkt hinter ihnen befanden sich der Durchgang zum Hof und auch die Treppe zu dem Zimmer, in dem er hier hauste.

Gemeinsam eilten sie nach oben und keine Minute später standen sie in seiner Kammer.

Da Julian nicht mit Besuch gerechnet hatte, war natürlich auch nicht aufgeräumt, aber Aurelia schien das Chaos nicht zu stören.

Gedimmtes Licht drang durch die halb geschlossenen Vorhänge, die im Wind leicht in die Kammer wehten. Gedämpfte Laute der Menschen von der Gasse zogen zu ihnen hier herauf.

Aurelia stand direkt vor ihm! Eine Frau, aus Fleisch und Blut! So oft hatten seine Träume in dieser Form begonnen und nun war er völlig erstarrt. Aurelia begann mit einem Kuss. Ihre Lippen waren weich und sie hatte die Augen geschlossen.

Blind tasteten sich Aurelias Hände zum Saum seines T-Shirts und streiften es ihm über den Kopf. Seine Hose folgte der Schwerkraft, nachdem Aurelia seinen Gürtel und den Knopf geöffnet hatte.

Nun glitten ihre Hände über seinen Bauch und Aurelia schien auf ihn zu warten.

„Nur Mut!", sauste es durch seinen Körper und immer noch im Kuss vereint, zuckte er zusammen, als ihre Zunge sich in seinen Mund schob und auf seine traf. Etwas forscher begann

Julian nun, ihr das Sommerkleid über den Kopf zu ziehen, doch als er ihr den BH aufmachen wollte, streifte sie seine Hände ab und sagte leise „Nicht jetzt."

Aurelia zog ihn zum Bett und als er sich darauf setzte, fuhr Aurelia mit ihren Fingern unter seinen Slip. Dort streichelte sie durch die kleinen Locken auf seinem Schoß.

Diese Berührung steigerte seine Erregung. Schließlich zog Aurelia ihm den Slip herunter und ergriff sein straff gestrecktes bestes Stück, wobei er aufstöhnte.

Langsam fuhr sie mit ihrer Hand an ihm auf und ab. Julian spürte die schmerzhafte Härte, die sich gegen ihre Hand drückte.

Aurelia lächelte und ließ ihn los. Sie ergriff seine Hände und führte sie zum Verschluss ihres BH, den er ihr mit fahrigen Fingern öffnete. Das Kleidungsstück fiel zu Boden und Aurelia drückte ihm ihre Brüste in die Hände.

Forschend streichelte Julian ihre Knospen, die sich durch ihre Erregung sicht- und fühlbar aufstellten.

Einige Minuten lang streichelte Julian ihre Brüste, dann fuhr er mit seinen Fingern unter den Bund ihres Slips und streifte Aurelia dieses hauchzarte Stoffstück langsam von ihrem Körper.

Damit hatte er das kleine Dreieck aus gekringelten Haaren nun direkt vor sich. Noch nie war er dem Schoß einer Frau so nah gewesen.

Tastend und erkundend, vor Neugier bebend, fuhr Julian mit seinen Händen an den Innenseiten ihrer Beine wieder nach oben, bis er behutsam ihren Schoß berührte.

Aurelia stöhnte bei dieser Berührung auf und spreizte im Stehen ihre Schenkel ein Stück weiter, wodurch er die Nässe ihres Schoßes an den Fingerspitzen spüren konnte.

Nun drückte Aurelia seinen Oberkörper zurück bis er im Bett lag und sie legte sich zu ihm. Erneut massierte sie sein Glied mit der Hand und brachte es zum Stehen, dann schob sie ihn über sich und zog ihre gespreizten Schenkel gebeugt an seinen Seiten nach oben.

Mit den Fingern öffnete sie ihren Schoß für ihn und Julian entlud sich stöhnend auf ihrem nackten Bauch. Aurelia flüsterte „Kein Problem. Das kann schon mal passieren!" Doch ihm war die Sache ziemlich peinlich.

Geschickt angelte Aurelia ein Taschentuch aus ihrer am Boden liegenden Handtasche und säuberte sich damit, während er sich neben sie in das schmale Bett fallen ließ.

Schweigend lagen sie nebeneinander. Haut an Haut mit dieser wunderschönen Frau, die er nun nicht mehr anzusehen wagte.

In seinen Träumen war es nie so gewesen.

Nach ein paar Minuten der Stille begann Aurelia ihn erneut zu streicheln. Es fühlte sich gut an und machte die Situation für ihn nicht ganz so heikel.

Nach einem Kuss ergriff Aurelia seine Hand und führte diese zu ihrer Brust. Seine Finger umkreisten ihre Knospe und brachten sie erneut dazu, fühlbar hervorzutreten.

Stöhnend führte sie danach seine Hand an ihren Schoß und legte sie auf die kleinen Locken, die auf ihrem Venushügel wuchsen. Langsam vorantastend schob Julian seine Hand, jetzt ohne Aurelias Zutun, weiter voran.

Aurelia winkelte ein Knie an und spreizte damit ihre Schenkel, um seinem Vordringen Platz zu schaffen. Mit zwei Fingern öffnete sie erneut ihre Vulva und er schob seine Finger in sie. Mit einem Seufzer antwortete sie ihm und er fühlte, wie feucht sie dort schon war!

Nun gingen ihre Finger wieder auf die Wanderschaft und prüften, ob er schon wieder für sie bereit war.

Erleichtert atmete Aurelia auf, als sein bestes Stück sich wieder ihrer Hand entgegendrückte. Ihre Finger glitten langsam auf und ab. Es war, wie ein leichtes Streicheln, eine zärtliche und intime Berührung an dieser sehr empfindlichen Stelle, aber es dauerte seine Zeit bis die Erregung

174

ihn vollends ergriffen hatte und sie beide spürten, dass es nicht vergebens war, was Aurelia hier tat.

Schließlich zog Aurelia ihn wieder über sich, und diesmal gelang es Julian, in sie einzudringen. Zuerst nur mit der Spitze, doch schon einen Augenblick später kam Aurelia ihm mit dem Becken entgegen.

Julian schob seinen Unterleib nach vorn und glitt ganz tief in sie hinein. Bei dieser tiefen Berührung in ihrem Inneren stöhnte sie laut auf und er begann sich in ihr zu bewegen.

Als er schneller wurde, flüsterte sie ihm ins Ohr „Langsam. Nicht so schnell. Wir Frauen brauchen unsere Zeit." Daraufhin verlangsamte er sein Tempo.

Aurelia lag unter ihm und Julian stützte sich mit den Händen auf ihren Händen neben ihrem Kopf ab. Aurelia stöhnte jetzt schneller und er passte sich ihrem Tempo an. Alles spannte sich in ihm an, aber er wollte nicht wieder zu früh sein Pulver verschießen. Dann merkte er, wie die Frau zusammenzuckte und mit einem Schrei zum Höhepunkt kam. Durch dieses intensive Gefühl verkrampfte er sich und mit einem Stöhnen ergoss er sich tief in ihrem Schoß.

Als ihrer beider Lust zu Ruhe gekommen war, fiel er neben ihr in das Bett und zog sie in seinen Arm. Aurelia schnarchte leise und auch er schlief entspannt ein.

## 25. Kapitel
# Im Zweifel für die Liebe

Aurelia schlug die Augen auf und erstarrte. Draußen wurde es gerade dunkel. „Oh mein Gott! Wie spät ist es?", rief sie laut aus, als sie im Bett hochfuhr.

Julian lag neben ihr und sah sie verschlafen an. Der nackte Mann zog seine Uhr vom Nachttisch und sagte schläfrig „Viertel zehn."

„Ich muss los! Ich komme zu späte! Er wird mich töten!", schrie Aurelia entsetzt auf und war mit einem Sprung mitten in dem schummrigen Zimmer.

Binnen Sekunden hatte Aurelia den Slip an, sich das Kleid übergeworfen und die Schuhe in der Hand. Der BH landete in ihrer Handtasche und sie wollte zur Tür stürmen, als Julian sie stoppte.

„Ich fahre dich!", sagte er, stand schnell auf und zog sich Jeans und T-Shirt an. „Wo musst du hin?", fragte er und sie nannte die Adresse.

Im Halbdunkel des Treppenhauses eilten sie zusammen hinab und liefen zum Hinterhof. Julian stieg auf sein Moped, mit dem er sicherlich nachts die Pizza ausfuhr, und Aurelia sprang hinter ihn. Kaum saß sie, jagte Julian auch schon los.

In den Gassen war das allabendliche Gedränge, doch der junge Mann kurvte geschickt um alle Passanten herum. Er fuhr in einer atemberaubenden Geschwindigkeit, während sich Aurelia um seine Hüften geklammert hatte.

Die Entfernung bis zum Palast war einfach viel zu groß. Das konnten sie niemals schaffen und damit war ihre Seele und die von Daria für immer verloren.

Die Glocke am Dom schlug halb zehn!

Noch immer waren sie irgendwo in der Innenstadt und mussten noch über eine der mit Fahrzeugen verstopften Brücken.

Schlängelnd auf dem Fußweg, zwischen schimpfenden und schreienden Menschen hindurch, jagte das Moped knatternd über den Arno.

Es war 21:45, als Julian in Staub gehüllt vor der Auffahrt des Palastes hielt. Ein letzter Kuss, dann hastete Aurelia ohne Schuhe hinauf, klopfte und rannte Georg fast um, als dieser das Tor öffnete.

Gehetzt sprang Aurelia die Treppe hinauf, aber Duschen war da rein zeitlich nicht mehr drin!

Acht Minuten vor um zehn rannte sie in ihr Zimmer, riss die Kiste auf und schleuderte im selben Moment ihre getragenen Sachen von sich.

Im Karton befand sich diesmal ein Hauch von nichts. Es sah wie eine Gardine aus und zwei breite Bänder aus Stoff, mit Ringen daran, lagen noch dabei. Schnell war dieser Umhang übergeworfen und fiel noch an ihr herab, als es klopfte und Georg in der Tür stand.

Die beiden Bänder in der Hand, rätselte sie einen Augenblick, wozu sie wohl dienen sollten. Für die Arme oder die Beine?

„Hilf mir!", flehte sie den Diener an und hielt ihm die Bänder hin. Einen Augenblick später trug sie die beiden Armbänder so fest um ihre Handgelenke, dass sie ihre Hände nicht darin bewegen konnte.

Wieder mit nackten Füßen und nur mit dem fast durchsichtigen Fummel am Leib ging Aurelia neben dem Diener her. Sie stiegen eine Treppe tiefer und standen beim Gongschlag vor der Tür des Saales.

Zwar war Aurelia ungewaschen und immer noch völlig außer Atem, aber sie war pünktlich gewesen. Georg öffnete die Tür, Luzifer kam ihr entgegen und sagte „Das war aber ziemlich knapp!", zur Begrüßung.

„Knapp, aber beizeiten!", entgegnete sie und zusammen gingen sie den nun schon bekannten Weg bis zum Lift, der sie erneut nach unten brachte. Da sie diesmal keine Schuhe trug, waren die Geräusche in dem Flur gedämpft.

Mit der Klinke in der Hand drehte sich Luzifer zu ihr um und sagte „Denke daran, ein Widerspruch oder ein Nein und du gehörst mir!"

Aurelia nickte und wurde von ihm durch die Tür in den Raum geschoben. Er selbst blieb draußen und das Licht war auch noch aus.

Als sich die Tür hinter ihr schloss, stand Aurelia für einen Moment in der Finsternis.

Schließlich flammte grell das Licht auf und sie musste für einen Moment die Augen schließen. Als sie die Lider wieder öffnete, erkannte sie, dass der Vorhang an der gegenüberliegenden Wand zur Seite gezogen war und sich ein Spiegel dort befand, in dem sich Aurelia sehen konnte.

Direkt vor ihr hingen in der Mitte des Raumes zwei Seile von der Decke, die unten mit Haken versehen waren und so weit nach unten reichten, dass sie diese mit nach oben gehalten Armen erreichen konnte. Das waren sicherlich die Gegenstücke zu den Ringen an ihren Handgelenken.

Die ihr schon bekannte Seitentür öffnete sich, doch diesmal erschien eine wunderschöne Frau mit flammend rotem Haar. Da sie einen Löwenschwanz trug, der wild um ihre Beine schlug, war sie eine Dämonin, aber ihre Haut war weißer als die eines Engels.

„Ich bin Tiziana!", sagte sie mit einer melodischen Stimme und kam auf sie zu.

Die Dämonin trug fast dasselbe, wie sie auch, nur, dass Tiziana einen leuchtend roten Slip unter ihrem durchsichtigen Umhang trug. Einen Moment später stand sie vor Aurelia und zog sie sanft nach vorn, bis sie unter den Seilen standen.

Da Aurelia den Zusammenhang zwischen Ring und Haken schon richtig erkannt hatte, war es für Tiziana ein leichtes, die Haken zu befestigen.

Somit stand Aurelia wenig später mit erhoben Händen vor dem Spiegel und sah sich selbst darin, sowie Tiziana, die nun um sie herum ging und sie dabei mit den Fingerspitzen streichelte.

Die Dämonin hatte kurze Hörner, die durch die Locken etwa eine Handbreit nach oben reichten. Wild schlug ihr Schwanz, der hinten durch den Slip geführt war.

Sie sagte nichts, sondern gab nur ein Schnurren von sich, wie das, einer ziemlich großen Katze.

Nach ein paar Runden blieb die Dämonin hinter ihr stehen und sagte „Hängst du bequem? Dann kann die Vorstellung beginnen!" Im selben Moment riss Tiziana ihr den Umhang herunter und der Spiegel wurde durchlässig.

Dahinter erkannte Aurelia ein Zimmer, wie das, in dem sie hier gerade stand, allerdings befand sich ein Bett in der Mitte des anderen Raumes.

Noch war das Zimmer leer, aber es waren Geräusche zu hören, als ob eine Tür sich öffnen würde.

„Sieh genau hin!", flüsterte Tiziana und schob sich direkt hinter Aurelia. Fast zärtlich kratze Tizianas Hand über Aurelias Rücken, als gegenüber, nur durch die Scheibe getrennt, Luzifer, mit Daria an der Hand, den Raum betrat.

Ohne die Seile wäre sie jetzt sicherlich durch die Scheibe gesprungen, um die geliebte Freundin in die Arme zu schließen.

„Daria!", schrie Aurelia verzweifelt.

Tiziana flüsterte in ihr Ohr „Nur du kannst sie hören!" Dabei zeigte die Dämonin auf einen Lautsprecher, der sich über dem Spiegel befand.

Es zog ihr das Herz zusammen, zusehen zu müssen, wie die beiden sich leidenschaftlich küssten und danach sich langsam gegenseitig auszogen.

Mit aller Kraft riss Aurelia an den Seilen, aber die waren stabil mit der Zimmerdecke verbunden.

„Vergiss Daria! Bleib bei mir!", hauchte Tiziana.

Fast wollte Aurelia schon „Nein!" rufen, doch sie biss sich im letzten Moment auf die Zunge.

Es war eine Falle!

Während Luzifer nun nebenan Daria auf die Arme nahm und zum Bett trug, hauchte ihr Tiziana ein paar Küsse auf den Hals.

Luzifer begann im Nebenzimmer Darias Brüste zu liebkosen und Tiziana machte dasselbe von hinten bei Aurelia.

„Du musst nur Nein sagen und er hört auf!", flüsterte die Dämonin verführerisch.

Ihre Hände wanderten an Aurelias Rücken hinab und versuchten sich zu ihrem Schoß vorzutasten, doch Aurelia presste ihre Schenkel zusammen, um das nicht zuzulassen.

„Gut so. Widersetze dich mir!", hauchte Tiziana fast triumphierend.

Die Angst sauste durch Aurelias Kopf und sie ließ locker.

Vor ihr zog Luzifer Daria den Slip ganz langsam, fast wie in Zeitlupe, von den langen schlanken Beinen und von hinten schob sich die Hand von Tiziana langsam nach vorn.

Aurelia fing einen Blick von Daria auf, doch ihre Augen waren leer. Das war nur ihr Körper. Ihre Seele, ihr Gefühl, war irgendwo gefangen.

Als Luzifer Darias Körper auf das Bett warf, sich vor ihre aufbaute und wenig später begann, Daria leidenschaftlich zu lieben, da glitt Tiziana von unten mit ihren Fingern tief in Aurelias Schoß.

Immer schneller wurden ihre Bewegungen, so wie die des Mannes in Daria.

Tiziana versuchte nun alles in ihrer Macht Stehende, um ihr ein zufälliges Nein oder eine Ablehnung zu entlocken. Und die Dämonin war sehr einfallsreich.

Lust kämpfte mit Kummer in Aurelias Brust.

Mit dem Blick auf die Freundin wäre es leicht, dieses Tun von Luzifer abzubrechen, doch ein Stopp oder Nein würde zu ihrer beider Verdammnis führen, aber von nicht fallen lassen, da hatte Luzifer nichts gesagt.

Aurelia schob den Kummer fort und nun sauste die pure Lust durch ihren Körper. Sie sah zu Daria und es war Darias Hand, die ihr jetzt diese Erregung bescherte. Aurelia hörte die Laute der geliebten Frau und war bei ihr. In ihr.

Wild und tief stieß Luzifer immer wieder zu. Dann bäumte sich Daria auf und Aurelia kam mit ihr gleichzeitig zum Höhepunkt. Ihre Schreie vereinigten sich zu einem einzigen Ausbruch der Lust.

Erschöpft fiel Aurelia zurück und hing nur noch in den beiden Seilen.

„Daria. Ich liebe dich!", hauchte Aurelia.

Tiziana schaltete den Spiegel ab und damit sah sich Aurelia selbst dort hängen. Die eine Hand von Tiziana steckte noch tief in Aurelias Schoß.

„Schade", hauchte die Dämonin, als sie sich langsam aus Aurelia zurückzog.

Genüsslich leckte sich Tiziana die Hand ab und machte Aurelia anschließend von den Seilen los.

Ohne deren Halt sank Aurelia sofort zum Boden hinab, weil ihre Knie so zitterten, doch die Dämonin fing sie auf und ließ sie sanft zum Fußboden gleiten, bevor Tiziana nach einem Kuss den Raum verließ.

Zu keiner Bewegung mehr fähig wartete Aurelia und ein paar Augenblicke später trug Georg sie auf seinen Armen nach oben.

Aurelia schluchzte vor Verlangen nach der Freundin.

## 26. Kapitel
# Übung macht den Meister

Mit Aurelias Hilfe war Julian zum Mann geworden, auch wenn der erste Versuch für ihn mehr als peinlich gewesen war. Nun hätte er jede Frau haben können, aber zu der einen, zu dem es sein Herz zog, konnte er nicht gelangen.

Mauern und Sicherheitsleute schirmten Romina vor ihm ab! Es war zum Verrücktwerden, allerdings hatte ihm Aurelia auch in dieser Angelegenheit ihre Hilfe angeboten und er musste ihr einfach dabei vertrauen.

Mit dem Abend begann für Julian eine neue Schicht und wie an jedem Tagesende küsste er zuerst Rominas Bild. Den Helm schon in der Hand stieg er die Treppe hinab und grübelte nach. Noch war er viel zu unerfahren, aber ein bisschen Übung konnte da sicherlich auch nicht schaden!

Man musste nur das Herz irgendwie verschließen, dann würde es sicherlich gehen.

Die erste Pizza war schon zur Auslieferung bereit und eine Minute später jaulte die Vespa vom Hof. Die Nacht begann und seine Tour gleich mit.

Julian fuhr Lieferung auf Lieferung aus, aber es war wie verhext! Jetzt hätte er gekonnt und sich getraut, aber an diesem Tag öffneten nur Männer oder Pärchen die Tür.

Wo waren die halbnackten Frauen der vergangenen Nächte hin? Alle auf Partys? Hatten die danach keinen Hunger?

Weit nach Mitternacht war er erneut unterwegs und hatte schon jede Hoffnung aufgegeben, doch noch etwas zum „üben" zu finden, als eine junge Frau ihre Tür öffnete. Sie hatte verheulte Augen und die Wimperntusche war verlaufen. In ihrem Blick, den sie ihm unter den braunen Locken hervor zuwarf, war so etwas, was ihn dazu brachte, sie einfach tröstend in den Arm zu nehmen.

Mit der Pizza in der Hand zog er sie einfach mit der anderen Hand an seine Brust und ließ sie sich einfach ausheulen.

Schluchzend stand sie vor ihm und schniefte. „So ein Mistkerl! Mein Freund ist mit seiner Kollegin in ein billiges Hotel gegangen. Ich habe sie vorhin gesehen. Angeblich hat er noch zu arbeiten!"

Julian angelte ein Taschentuch aus seiner Hosentasche und gab es ihr. Sie nahm es entgegen und schnäuzte laut hinein.

„Deine Pizza!", sagte Julian und hielt ihr die Schachtel hin.

„Ja! Danke! Ich wollte den Frust in mich hineinfressen!", entgegnete sie.

186

Mit einem neuen Tuch wischte er ihr die Augen sauber.

„Hast du Zeit? Wir könnten uns die Pizza teilen?", fragte sie und legte ihren Kopf schief.

Diese Frage und ihr Blick erlaubten keine Ablehnung, wenn er nicht neue Tränen riskieren wollte. Und irgendwie kam ihm das auch entgegen. Julian nickte. Schon war die Tür hinter ihm zu und sie waren zusammen auf dem Weg in die Küche.

Die Wohnung war schick und die Küche ziemlich modern eingerichtet. Ein Traum aus Chrom und weißem Holz, doch er hatte nur Augen für sie.

Die Frau trug eine weiße Bluse und einen schwarzen Rock. So etwas in der Art, wie man es wohl in einem Büro tragen würde. Vermutlich hatte sie stundenlang geweint, bevor sie sich dazu entschlossen hatte, ihren Frust mit etwas zu essen zu bekämpfen.

Es kam, was kommen musste und was wohl auch nicht zu verhindern gewesen wäre. Kaum lag die Pizza auf dem Tisch, da lag ihre Bluse auf dem Fußboden.

Vermutlich wollte sie es nun ihrem untreuen Freund heimzahlen und als sie vor ihm auf die Knie ging, zog sie ihm in dieser Bewegung die Hose samt Slip herunter. Erwartungsfroh sprang ihr etwas entgegen.

„Bevor ich deine Pizza probiere, will ich wissen, wie du schmeckst! Wie dein Samen schmeckt!", sagte sie.

Bevor er noch etwas entgegnen konnte, hatte sie ihre Lippen um die Erektion geschlossen und trieb ihn mit schnellen Bewegungen dazu, sich stöhnend tief in ihrem Mund zu ergießen.

„Lecker!", sagte sie, leckte sich die Lippen ab und erhob sich. Erneut küsste sie ihn und ihr Rock fiel zu Boden.

Sie streifte sich den Slip von den Beinen und setzte sich mit gespreizten Schenkeln vor ihn auf die Tischkante.

„Besorge es mir! Aber richtig! Dieser Mistkerl soll leiden!", sagte sie, während sie ihren dunkelroten Schoß vor ihm mit den Fingern öffnete.

Bei diesem Anblick sprang sein zuvor erschlaffter kleiner Freund wieder in Position und berührte dabei ihren offenen Schoß.

Die Frau ließ sich zurück auf die Tischplatte fallen und Julian hob ihre Beine an. Er sah ihren lüsternen Blick und stieß zu.

Langsam, so wie er es bei Aurelia gelernt hatte, trieb Julian die keuchende und sich windende Frau zum Höhepunkt. Als sie japsend kam, schoss auch er seine Ladung in sie ab.

„Nummer zwei! Schaffst du noch ein drittes Mal?", fragte sie ihn lüstern und setzte die Füße auf den Boden. Eigentlich war das ja nun schon sein viertes Mal gewesen, doch er schien im Moment voller Potenz zu stecken.

Sie drehte sich um und beugte sich über den Tisch. „Fick mich in den Arsch! Das wollte mein Freund schon immer mal machen!", stöhnte sie.

Auch dem Anblick ihres wundervoll geformten Hinterns konnte Julian nicht widerstehen. Die Frau zog mit beiden Händen ihre Pobacken auseinander und präsentierte ihm den Eingang!

Julian packte sie bei den Hüften und sein kleiner Freund wurde wieder riesengroß.

Da sein Glied noch ihre Feuchte an sich hatte und sie dort so eng war, klappte es auch ein drittes Mal. Kraftvoll und tief bohrte er sich in die sich vor Lust windende und nach Luft japsende Frau. Mit schnellen Stößen trieb es sich und sie voran.

Nachdem sie zum zweiten Orgasmus gekommen war, teilten sie sich die Pizza, er erhielt 50 Euro Trinkgeld und einen Kuss zum Abschied.

Wenig später fuhr Julian wieder durch die Nacht! Nun war er für Romina bereit! Nur das Warten machte es für ihn so unerträglich.

## 27. Kapitel
# Ein Ass im Ärmel

E in neuer Abend und damit auch eine neue Kiste, die auf Aurelias Bett stand, als sie das Zimmer betrat. Neugierig trat sie heran, hob den Deckel an und sah hinein. Ein Kleid, Unterwäsche, Schuhe und wieder eine Maske befanden sich darin.

Damit würde Aurelia diesmal also in dieser Nacht vollständig angezogen unter Menschen sein, vor denen sie ihre Identität verbergen sollte. Also weder vor Dämonen, noch vor Tiziana. Aurelia hob die Maske heraus und diese war nur für ihre Augen gedacht. Nicht so, wie jene zum Ball.

Da Aurelia noch eine gute Stunde Zeit hatte, legte sie ihre Sachen ab und ging unter die Dusche. Das warme Wasser auf ihrer Haut und das Duschbad mit dem Duft von Papaya machten ihr sofort gute Laune. Die streichelnden Bewegungen ihrer Hände verbesserten dieses Gefühl nur noch.

Aurelia dachte an die Abende zuvor zurück. Bis auf den Marathon auf dem Laufband hatten ihr diese Nächte schon gefallen, aber zugeben würde sie es nie.

21:55 … gespannt wartete sie auf Georg. Dann klopfte es an der Tür und Aurelia warf noch einen Blick in den Spiegel.

190

Luzifer hatte ihr für diese Nacht ein kurzes, ärmelloses schwarzes Kleid gegeben, das ihre Schulter frei ließ. BH und Slip passten perfekt dazu und auch die schwarzen Schuhe standen ihr.

Als Georg die Tür öffnete, richtete sie noch einmal ihr Haar, nickte ihm zu und nachdem er ihr wieder die Maske befestigt hatte, ging Aurelia neben ihm her.

Mit dem Gong öffnete sich der Saal vor ihr, der aber bis auf Luzifer leer war. Er hatte einen Smoking an, kam auf sie zu und ergriff ihre Hand.

„Bist du bereit, meine Liebe?", fragte Luzifer.

„Wofür bereit?", entgegnete Aurelia.

Er erwiderte „Hast du denn meine Karte nicht gelesen?"

„Nein", antwortete Aurelia und erstarrte. Sie hatte das verbotene Wort gebraucht, aber er überging ihre Antwort mit einem Lächeln.

„Wir machen ein Spiel. Ein Spiel um deine Seele!"

Gemeinsam schritten sie auf den Raum zu, in dem sie am ersten Abend gegessen hatten. Würde es wieder nur ein Essen sein? Aber wozu dann die Maske? Und Luzifer hatte etwas von einem Spiel gesagt.

Es war ein leichtes Gemurmel zu hören, nur ganz leise und es verstummte als Luzifer die Tür öffnete und sie beide in den Raum traten.

Vor Aurelia stand ein runder Spieltisch, auf dem Karten lagen. Einige Männer standen daneben und hatten sich gerade unterhalten. Nun sahen sie alle zu ihr. Aurelia überblickte den kleinen Raum und kam, zusammen mit Luzifer, auf sieben Herren, die sie abschätzend betrachteten.

Luzifer begrüßte jeden der Herren mit einem Handschlag und bat danach Aurelia mit einem Handzeichen zu sich. Er bot ihr einen Stuhl am Tisch an und sie setzte sich. Die Männer traten ebenfalls an den Tisch und nahmen neben ihr Platz.

Nun erklärte Luzifer ihr die Spielregeln „Meine Liebe. Es ist ganz einfach: Wir spielen Poker. Ein jeder Spieler bekommt zwanzig Spielchips. Du darfst keine Runde auslassen oder ablehnen. Wenn du alle Chips verlorene hast, so darfst du dem Gewinner eine Gefälligkeit anbieten, die dieser annehmen kann und dir dafür ein paar Chips gibt. Du darfst aber nicht ablehnen, egal was der Gewinner sich von dir als Gegenleistung wünscht. Der Mann scheidet danach aus und das Spiel beginnt neu. Hast du am Ende keinen Chip mehr, so gehörst du mir. Mit Haut und Haar!"

Aurelia ließ ihren Blick über die versammelte Männerrunde gleiten und nickte zustimmend. Es waren, bis auf einen Gast, alles Männer im mittleren Alter. Der eine Mann war aber bestimmt über sechzig und hatte graue Haare.

Einer von ihnen kam ihr seltsam bekannt vor und Aurelia überlegte, woher sie ihn wohl kennen würde. Vielleicht hatte sie ihn schon einmal in der Stadt getroffen.

Nun schob Luzifer Aurelia ihren Stapel goldfarbener Spielchips hin und gab jedem der Männer dieselbe Menge, nur er selbst nahm sich keine, sondern fing an, die Karten zu mischen.

Während Luzifer die Karten austeilte, schob sich Aurelia einen der Chips ungesehen in den Schuh.

Das Spiel begann und Aurelia hatte ein bisschen Ahnung vom Pokern, aber hier saßen Profis. Es wurde kaum gesprochen und nach ein paar Minuten hatte Aurelia alle ihre Chips gesetzt. Die Männer spielten ohne sie weiter und schon bald spielten nur noch zwei Männer gegeneinander. Wie gebannt schaute Aurelia auf diese beiden.

Die letzten Chips wurden in die Mitte geschoben und schließlich gewann einer. „Wie viele Chips gibst du mir?", fragte Aurelia ihn und er schob ihr wortlos fünf Spielsteine herüber.

Schweigend erhob sich der Sieger, kam um den Tisch herum und küsste sie von hinten auf die Seite ihres Halses. Danach zog er sie aus ihrem Stuhl und drehte sie zu sich um. Nach einem weiteren Kuss schob er sie auf die Kante des Tisches, auf die sich Aurelia setzte.

Zu ihr herabgebeugt wurde sein Kuss stürmischer und leidenschaftlicher, wobei sie spürte wie sich seine Zunge zwischen ihre Lippen in ihren Mund schob, wo sie bereits erwartet wurde.

Ihre Zungen führten einen wilden Tanz auf, dann drückte er ihren Oberkörper nach hinten, wodurch Aurelia nun flach auf der Tischplatte lag, von der Luzifer gerade die Chips und Karten geräumt hatte.

Wollte er sie wirklich hier auf diesem Möbelstück vor den Augen aller anderen Männer nehmen? Er wollte! Der Mann hob Aurelias Beine an und streifte ihr das kurze Kleid bis zum Hintern herauf. Ganz langsam zog er ihr den schwarzen Slip von den Beinen und roch daran. Ihre Beine immer noch mit einer Hand hochhaltend, öffnete er sich mit der anderen seine Hose.

Der Mann legte sich Aurelias Beine auf die Schultern und sie spürte, wie er sich an ihrer Vulva rieb. Zuerst spürte sie die Eichel zwischen ihren Schamlippen, dann glitt er ganz langsam in ihre Scheide.

Da sie noch nicht sehr feucht war, schob er sich langsam und mit tiefen Stößen in ihren Unterleib.

Ihr lustvolles Keuchen lud ihn ein sie immer schneller und wilder zu nehmen. Aurelia hielt sich dabei an der Tischkante fest und genoss die schnellen harten Stöße in ihrem Schoß.

Sein Penis war nicht sehr groß und daher brauchte Aurelia eine Weile bis sie schreiend zum Höhepunkt kam. Ein paar weitere Stöße später spürte Aurelia, wie er seinen Samen tief in ihrem Schoß spritzte.

Ein letzter Kuss folgte und dabei ließ er ihre Beine von den Schultern rutschen. Aurelia setzte sich wieder an den Tisch und der Mann verließ den Raum.

Luzifer gab wieder Chips und Karten aus. Ein neues Spiel begann und wieder dauerte es eine Weile bis einer der Männer gewann. Dieser stellte sich vor Aurelia, ließ die Hosen herunter und drückte Aurelias Kopf nach unten. Aurelia umspielte seine Eichel mit ihrer Zunge bevor sie zu saugen begann. Sie bewegte ihren Kopf, bis er mit seinen Händen ihren Hinterkopf umfasste.

Nun benutzte er sie einfach und schob sich tief in ihren Hals. Das würgende Gefühl hielt nur kurz. Dann dauerte es auch nicht lange und der Mann entlud sich tief in Aurelias Mund mit einem lauten Stöhnen, wobei sie nicht alles schlucken konnte.

Ganze zehn Chips waren der Lohn, den er ihr grinsend in die Hand drückte, während sie sich mit einem Tuch den Mund abwischte.

Ein Schluck Sekt und ein weiteres Spiel begann. Wenige Minuten später gab es wieder einen Sieger. Diesmal zog er Aurelia das Kleid aus und öffnete ihr den BH. Nun war sie vollkommen nackt und er legte sie mit dem Oberkörper auf den Tisch, wobei ihre Brüste die Platte berührten.

Der Mann zog ihren Po auseinander und zielte von hinten auf Aurelias Schoß, der nun schon sehr nass war.

Aurelia spürten die Spitze, schob ihre Füße nach außen und drückte damit erwartungsvoll ihre Schenkel auseinander. Er stand zwischen ihre Beine und während Aurelia nach hinten sah, schob er seinen beträchtlich langen Schwanz tief in ihren Schoß, der ihn mit einem schmatzenden Geräusch aufnahm.

Sie spürte, wie er ihren Hintern knetete und sie tief und wild nahm. Vor Lust keuchend kam sie ihm bei jedem Stoß entgegen.

Mit einem Schrei entlud er sich wenige Stöße später auf Aurelias Rücken. Zufrieden grunzend ließ er fünf Chips vor ihre Nase fallen und Aurelia begann dieses Spiel richtig Spaß zu machen.

Luzifer wischte ihr den Rücken ab und das nächste Spiel begann. Aurelia saß nun nackt zwischen den Männern. Der nächste Sieger ergoss sich für zehn Spielsteine nach etwas Handarbeit von ihr auf ihren Brüsten und danach siegte der ältere Mann.

Er wollte nur mit seiner Zunge in ihren Schoß. Wild umspielte seine Zungenspitze Aurelias empfindliche Stelle und danach drang er damit tief in Aurelia ein.

Der Alte saugte an ihrem Schoß, knabberte am Rande ihrer Spalte und bearbeitete dabei seine Männlichkeit mit der Hand. Als Aurelia schreiend zum Höhepunkt kam, ergoss er sich stöhnend auf ihrem Bauch und legte danach fünfzehn Spielchips dazu. Mit einem Kuss verabschiedete er sich von ihr.

Der letzte der Gäste spielte nun nur noch gegen sie und das war jener Mann, der ihr schon von Anfang an so bekannt vorgekommen war. Doch noch immer wusste sie nicht woher.

Als er schließlich gewann, fragte sie ihn „Was bietest du mir?"

„Schätzchen! Ich gebe dir nichts, aber ich fick dich trotzdem!", war seine Antwort.

Aurelia erstarrte. Kurz war sie der Meinung, „Nein" sagen zu müssen.

Es war erneut eine Falle von Luzifer gewesen. Aurelia hatte es geahnt und alle Spiele zuvor waren nur Geplänkel gewesen.

Der Mann erhob sich von seinem Platz und kam hämisch grinsend um den Tisch herum. Er packte sie ziemlich ruppig an den Hüften, legte sie mit dem Bauch auf dem Tisch und Aurelia hatte nun das grinsende Gesicht von Luzifer direkt vor sich.

Der Mann hinter ihr schob ihr die Beine auseinander und sein beachtlich dickes Glied drückte sich gegen Aurelias Hintereingang. Schon wieder war sie kurz davor „Nein!" zu sagen.

Ohne auf sie Rücksicht zu nehmen, zwängte er sich durch den Ring von Muskeln. Aurelia keuchte vor Anstrengung und Schmerz. Mit Kraft schob es sich tief in sie und drückte sie dabei gegen die Kante des Tisches.

Auf dem Tisch liegend, sah Aurelia Luzifer an. Mehr als der Schmerz nagte nun der Zorn in ihr und sicherlich war auch dies seine Absicht gewesen.

Schließlich verströmte sich der Mann schon nach ein paar Stößen in ihrem Hintern.

Luzifer grinste sie an, während der andere Mann sich aus ihr zurückzog, sich die Hose schloss und fröhlich pfeifend aus dem Saal ging.

„Habe ich dich!", sagte Luzifer.

„Nicht so schnell!", entgegnete Aurelia, zog ihren Schuh aus und schleuderte ihm den letzten Chip entgegen. „Du hast verloren!", sagte sie und das Lächeln erfror auf seinem Gesicht.

Nackt verließ sie mit hocherhobenem Kopf den Raum.

## 28. Kapitel
# Ein Blick voraus

*D*er Aufenthalt in Mailand war einfach nur zu schön für Romina gewesen und Vater hatte noch eine Nacht dran gehängt, in der er sie alleine mit dem Jet zurückgelassen hatte. Romina hatte noch einen Tag mit Schoppen verbracht und war am Abend mit der Designerin auf einer Party gewesen.

Models, so weit das Auge reichte, aber nur zwei Männer. Ein alter Modedesigner, der die achtzig schon erreicht hatte, und ein Fotograf, der sicher zehn Jahre älter als Romina war und der sie wohl noch für viel zu jung befand. Oder zu unbedeutend, unter all den wunderschönen Models!

Jedenfalls war es für Romina echt der Hammer gewesen, nur einfach dort sein zu dürfen.

Das war so eine Art von Aussicht auf das, was kommen konnte, denn die Frau hatte ihre Arbeiten in den höchsten Tönen gelobt, selbst als Vater schon abgereist war.

Nun saß Romina wieder in ihrem Zimmer und wartete auf Aurelia. Romina war regelrecht aufgedreht, auch wenn sie nur ein paar Stunden geschlafen hatte. Oder vielleicht deshalb, denn die

Party steckte noch in ihrem Kopf. Und tausende Ideen für neue Kleider hatte sie auch da drin.

Das Video von Julian lief erneut in der Dauerschleife und Romina vertrieb sich die Wartezeit auf die Freundin damit, dass sie ein paar der Entwürfe aufs Papier brachte, um etwas mehr Platz im Kopf zu bekommen.

Völlig in Gedanken versunken zeichnete sie, als es klopfte und Aurelia in den Raum trat. Romina sprang auf und umarmte die Freundin.

Die Erzählungen der beiden Tage sprudelten nur so aus ihr heraus und sie merkte selbst, dass sich ihre Stimme immer wieder überschlug, aber sie konnte nichts dagegen tun. Aurelia saß neben ihr auf dem Sofa und hörte geduldig zu.

Mehr als eine Stunde später war endlich alles erzählt.

„Wer ist das denn?", fragte Aurelia und zeigte auf den Fernseher, wo gerade die Kussszene zu sehen war.

„Julian!", seufzte sie und nun begann Romina die nächste Stunde von ihm zu schwärmen.

„Ich glaube, ich kenne ihn aus der Pizzeria von Alfredo!", erklärte Aurelia zum Schluss und Romina konnte das nur bestätigen.

„Ich habe dir die Fotos von Mailand noch nicht gezeigt!", sagte Romina, suchte ihr Handy und fand darauf zuerst zwei Nachrichten von Julian, die sie zusammen mit der Freundin las. Ihr

Herz klopfte dabei bis zum Hals und danach begann sie die Bilder zu zeigen.

„Den Mann kenne ich!", rief Aurelia aus, als sie das erste Foto zeigte, dass sie mit dem Vater und der Designerin zeigte.

„Das ist mein Vater Massimo! Woher kennst du ihn?"

„Vielleicht aus einer Zeitung."

„Das kann sein. Er ist oft in Modezeitungen drin. Vielleicht hatte dir Daria mal einen Artikel über ihn gezeigt. Wie geht eigentlich dein Kampf um sie voran? Gewinnst du?", fragte Romina.

„Ich hoffe es!", erwiderte Aurelia und sie sah dabei traurig aus.

„Das wird schon!", tröstete Romina die ältere Freundin.

„Ich denke auch, aber nun zu dir!", sagte Aurelia und legte ihren Kopf schief. Ihr Blick schien sie zu mustern.

„Was meinst du?"

„Du und Julian? Soll er derjenige sein, dem du deine Blume schenkst?", fragte Aurelia.

Romina spürte, wie sie rot im Gesicht wurde. Immer noch lief das Video. „Ich würde schon gern, aber das wird wohl nichts. Mein Vater lässt mich am Abend nicht hinaus und Julian ist in der Nacht unterwegs. Am Tage schläft er!", seufzte Romina.

„Ich könnte da meine Beziehungen spielen lassen. Ich habe jemanden kennengelernt, der einen gewissen Einfluss auf deinen Vater hat."

„Das wäre echt der Hammer!", freute sich Romina und sah zum Video hinüber.

„Wenn alles so klappt, wie ich mir das gerade vorstelle, dann könnte ich euch beide morgen Abend auf einer Party zusammenbringen und wer weiß schon, was auf solchen Partys passiert!", sagte Aurelia mit einem Augenzwinkern.

Romina dachte an die Party in der letzten Nacht zurück. Da war der Fotograf auch ziemlich oft auf die Toilette gegangen. Kurz darauf von einem Model gefolgt. Allerdings hatte sich Romina ihr erstes Mal etwas anders vorgestellt, als auf der Toilette, aber danach würden sicher viele andere schöne Male kommen.

Das Raubtier in Rominas Inneren begann vor Vorfreude zu schnurren. Endlich würde es Beute machen können!

Erneut spürte sie, wie ihr Herz aus lauter Vorfreude bis zum Halse schlug. Aurelia umarmte sie und gab ihr einen Kuss auf die Wange.

„Es ist schon spät. Ich muss los. Bis morgen!", sagte Aurelia.

Dann war sie fort und Romina saß auf dem Sofa an ihrem Tisch. In diesem aufgewühlten Zustand konnte sie nicht weiterarbeiten und daher räumte sie die Entwürfe zur Seite.

Langsam kam die Müdigkeit und die letzte Nacht holte sich nun ihr Recht! Romina schlurfte zur Dusche und das warme Wasser hüllte sie ein. So konnten Julians Hände auf ihrem Körper sein. Morgen!

Romina drückte Aurelia die Daumen, dass deren Vorhaben gelang. Nicht ganz uneigennützig, aber würde Vater das zulassen? Allerdings hatte er sie auch auf die Party in Mailand gelassen.

Schon halb im Schlafe ging sie zu ihrem Bett und legte sich hin. „Ach Julian! Morgen könnte es endlich passieren!", seufzte sie, mit Blick in den Fernseher.

Die Partynacht zog ihr nun die Augen endgültig zu. Im Traum war sie wieder auf der Party in Mailand, aber diesmal war auch Julian anwesend.

Romina sah sich an der Bar sitzen und der Geliebte trat an sie heran. Diesmal war sie das berühmte Fotomodel und Julian der Fotograf. Sie kamen in ein kurzes Gespräch und er gab ihr einen Drink aus.

Wenig später gingen sie auf die Toilette, aber darin stand ein Bett. Hinter der geschlossenen Tür küssten sie sich stürmisch und fielen danach nackt in das Bett.

Und Romina erwachte! So kurz davor!

Die Raubkatze in Romina bleckte die Zähne und fauchte. „Morgen entkommst du mir nicht!", ließ sich die Raubkatze vernehmen.

Rominas Blick ging erneut zur Endlosschleife, die sie beim Einschlafen einfach nicht abgeschaltet hatte.

„Aurelia! Ich hoffe auf dich!", flüsterte Romina und legte sich erneut zurück. Vielleicht ging der Traum noch weiter! Der musste weitergehen denn die Katze in ihr wollte Beute machen!

## 29. Kapitel
# Der goldene Chip

*D*as Foto von Rominas Vater hatte Aurelia auf eine Idee gebracht, aber nun musste sie zuerst diesen letzten Abend und die darauf folgende Nacht überstehen. Der Zorn in Luzifers Augen nach dem verlorenen Spiel hatte ihr auch ein bisschen Angst gemacht.

Es war nur noch eine Nacht! Was würde sich der Höllenfürst für sie einfallen lassen? Eine neue Falle?

„Vater! Hilf mir!", gab Aurelia nach oben ab und richtete ihren Blick auf die kleinen Schäfchenwolken, die über den Abendhimmel zogen. Es blieb ihr nur noch etwas mehr wie eine Stunde und sie würde es wissen!

Noch einmal zogen die letzten sechs Nächte vor ihren Augen dahin. Der erste Abend war wirklich schön gewesen. Und danach? Aurelia hatte Schmerz und Lust erlebt. Luzifer hatte sie vorgeführt und erniedrigt. Ihr das Tun aus der Hand genommen. Aber so intensiv hatte sie Sex noch nie zuvor erspürt, wie in diesen vergangenen Nächten.

Pünktlich betrat Aurelia den Palast, Georg begrüßte sie wieder freundlich, aber wortlos. Gespannt lief sie auf das Zimmer und auch an diesem Abend wartete der weiße Karton mit der roten Schleife auf ihrem Bett.

Neugierig klappe die den Deckel auf. Es lag nur eine weiße Rose darin. Sollte sie einfach nackt mit dieser Ansteckrose im Haar zu ihm gehen? Wegen der vergangenen Nacht nahm sie allerdings nun doch noch die Karte in die Hand, um sie zu lesen.

Der gewonnene Spielchip fiel aus dem Umschlag, danach klappte Aurelia die Karte auf.

*„Komme einfach so, wie du in der ersten Nacht bei mir erschienen bist! L."*

Die erste Nacht war dieses hervorragende Essen gewesen, mit dem leckeren Rotwein. Würde es diesmal wieder ein Essen geben? Einfach so? Nichts sonst? Wozu dann der Chip?

Rätsel über Rätsel.

Zuerst ging Aurelia unter die Dusche. Da Luzifer noch den Slip hatte und ihn ihr auch wiedergeben wollte, ließ sie die Unterwäsche diesmal fort.

In dem blauen Kleid des ersten Abends, mit dem Chip in der Handtasche und der Blume im Haar, wartete sie auf Georg, der pünktlich klopfte, sich verbeugte und sie abholte.

Derselbe Weg zum Saal hinab. So oft war ihn Aurelia gegangen und schon sechs Mal als Siegerin zurückgekommen!

Mit dem Gongschlag öffnete Georg die Tür und Luzifer kam ihr im Anzug entgegen. Er musste einen hervorragenden Schneider haben und Aurelia wusste nun auch, wer das war!

„Meine Liebe!", begann er mit süßlicher Stimme. Der Zorn des vergangenen Abends war fort.

Aurelia machte einen Knicks. „Mein Herr hat nach mir verlangt! Da bin ich!", sagte sie kokett.

„Ich bin nicht dein Herr! Lass mich dein Gastgeber sein!", entgegnete er.

„Gern!", antwortete sie.

Aurelia erhob sich und Luzifer führte sie an seinem Arm wieder in denselben Saal, wie am Abend zuvor. Nur diesmal befand sich eine gedeckte Tafel mit zwei Stühlen darin.

„Bitte nimm Platz!", sagte er und schob ihr den Stuhl zurecht. Ganz der Gentlemen machte er eine kurze Verbeugung und der betörende Duft seines Parfüms stieg ihr wieder in die Nase.

Er benebelte die Sinne! Also sollte Aurelia vorsichtig sein!

Luzifer setzte sich, klatschte in die Hände und Georg erschien mit den beiden Tellern. Ein festliches Mahl begann, aber Aurelia wartete auf eine Falle und daher konnte sie das Essen nicht so genießen, wie sie es am ersten Abend noch gekonnt hatte.

„Die letzten Tage haben mir großen Spaß gemacht. Ich habe nicht oft einen Engel hier zu Besuch!", erzählte Luzifer.

„Nicht oft?", entgegnete Aurelia.

„Ja. Manchmal besuchen mich meine Brüder. Gabriel zum Quatschen und Michael zum Kämpfen!"

„Sie besuchen dich hier?", fragte Aurelia überrascht nach.

„Ja! Ich hatte dir doch schon am ersten Abend erzählt, dass ich ein Teil des Ganzen bin. Vater liebt mich genauso, wie er dich liebt. Er hätte mir doch kein Herz gegeben, wenn ich es nicht hätte benutzen dürfen!"

„Das leuchtet mir ein! Aber ich habe dich mir irgendwie anders vorgestellt."

„Wie? Als fünf Meter hohen Teufel mit Hörnern und einem Geißfuß?", fragte Luzifer und im selben Moment stand er genau in dieser Form vor ihr. „Oder klein und schwarz? Vielleicht wie Tiziana? Wie einer der Dämonen?" Jedes Mal wandelte er sich und nahm diese Form an, wenn er sie erwähnte.

Aurelia nickte. Nun saß Luzifer wieder vor ihr.

„Ich bin so, wie mich die Menschen erwarten. Wie sie mich sehen wollen. Das hier ist die Gestalt, die mir Vater damals gab!", sagte er.

„Kann ich das auch?", fragte Aurelia neugierig nach.

„Natürlich! Du bist ein Engel! Du kannst in jeder Form erscheinen, die du möchtest!"

Aurelia erhob sich von ihrem Stuhl, schloss die Augen und stellte sich etwas vor. Als sie die Augen wieder öffnete, saß Luzifer ganz klein am Tisch. Er hätte in eine ihrer Hände gepasst! Aurelia war fünf Meter groß!

„Pass auf die Decke auf. Die hat Michelangelo nach seinem Tod bemalt!", sagte Luzifer von unten und trank aus seinem Glas.

„Warum das denn?", fragte Aurelia mit dröhnender Stimme.

„Ich habe ihm für den David Model gestanden und er hat einen wesentlichen Teil viel zu klein gestaltet. Dafür hat er nach seinem Tod meine Decke anpinseln müssen. Der hat vielleicht gejammert! Und nun komm wieder runter!", sagte Luzifer und lachte.

Er schnippte mit den Fingern und sofort hatte Aurelia wieder ihre normale Größe.

„Nun zu deiner letzten Aufgabe!", sagte Luzifer und tupfte sich den Mund mit einer Serviette ab. „Komm mit!", sagte er, erhob sich vom Tisch, nahm Aurelia bei der Hand und ging mit ihr in den anderen Raum mit dem Lift.

Diesmal fuhren sie länger nach unten und nach einer Weile begannen sich die Spiegelwände der Kabine blutrot einzufärben.

Dann stoppte die Kabine und als sich die Türen öffneten stand Aurelia vor einen Gang mit Feuerwänden.

„Hier arbeite ich!", sagte Luzifer und führte sie diesen Gang entlang bis zu einem großen Raum, in dem ein Tisch aus erstarrter Lava stand.

Luzifer klatschte in die Hände und Georg trug die nackte Daria auf seinen Armen herein, legte sie auf den Tisch und verschwand wieder aus dem Raum.

„Du wolltest deine Daria haben!", sagte Luzifer.

Aurelia trat an Daria heran und sah in ihre leeren Augen. Das hier war nur die Hülle der Freundin und trotzdem musste sie Daria küssen.

„Ja, aber mit ihrer Seele! Was ist die letzte Aufgabe?", fragte Aurelia und richtete sich auf.

„Das zeige ich dir gleich!", entgegnete Luzifer und trat zu ihr.

Mit dem Blick auf den Anzug Luzifers kam Aurelia wieder Romina in den Sinn. „Eines noch! Ich habe noch drei Wünsche an dich, nachdem du mir Daria zurückgegeben hast!", sagte sie schnell.

„Drei? Vor einer Woche hattest du nur einen! Bin ich eine gute Fee?", fragte Luzifer und Spott blitzte aus seinen Augen.

„Ich denke schon! Du bist immer noch tief in dir ein Engel! Also?"

„Meinetwegen!", gab Luzifer nach.

„Erster Wunsch: Massimo Tessura! Er muss dir sehr wichtig sein, denn dein Anzug ist von ihm. Und er war der erste Mann auf dem Ball und der letzte gestern Abend", sagte Aurelia.

„Ja!", bestätigte Luzifer.

„Könntest du auf ihn Einfluss nehmen, dass er seine Tochter Romina morgen Abend auf eine Party bei dir lässt?"

„Vielleicht!"

„Zweiter Wunsch: könnte Georg ein Hochzeitszimmer für Romina und ihren Freund vorbereiten?"

„Ja!"

„Dritter Wunsch: ich will diese Nacht mit dir verbringen, egal was danach wird!"

„Darüber lässt sich reden!", entgegnete Luzifer lächelnd.

„Nun gib mir meine Aufgabe, damit ich Daria zurückbekommen kann!", forderte Aurelia.

Luzifer nickte und öffnete eine Tür. Zusammen traten sie in einen gigantischen Raum. In endlosen Regalen standen tausende von Gläsern und in jedem brannte eine kleine Flamme.

Aurelia sah sie in verschiedenen Farben, Größen und Helligkeit leuchten.

„Das sind die gefangenen Seelen der Menschen. In einem dieser Gläser steckt die Seele deiner Freundin. Wenn du den Chip in das richtige Glas steckst, so ist Daria frei. Anderenfalls seid ihr beide verloren und deine drei anderen Wünsche verfallen. Bis auf den letzten vielleicht. Wähle klug!"

Aurelia sah zweifelnd an diesem endlosen Regal entlang und daneben standen noch weitere, die sie vorher nicht gesehen hatte.

„Hast du bis morgen früh keine Wahl getroffen, so gehörst du ebenfalls mir!", sagte Luzifer und stand hämisch grinsend mit verschränkten Armen an der Tür.

Diese Aufgabe war unlösbar! Es waren sicher hunderttausende von Gläsern! Wie sollte sie Darias Seele finden? Wie sah Darias Seele aus?

Mit dem Chip in der Hand ging Aurelia die Regale entlang. „Daria! Wo bist du?", sagte sie leise.

Tränen schossen ihr in die Augen und verschleierten ihren Blick. Blind stolperte Aurelia umher. Dann dachte sie plötzlich an etwas, was ihr Lilith vor einiger Zeit mal erzählt hatte. „Seelen erkennt nur das Herz!"

Nun lief Aurelia mit geschlossenen Augen umher und hörte auf ihr Herz. An einem Glas klopfte es so schnell, dass es das richtige sein musste!

Langsam schob Aurelia den Chip in den Schlitz an dem Glas.

„Gut gewählt! Georg wird die Seele wieder in Darias Leib geben und morgen Abend hast du sie zurück. Damit sind dir auch deine drei anderen Wünsche erfüllt!", sagte Luzifer, kam auf sie zu und küsste Aurelia leidenschaftlich.

## 30. Kapitel
# Zwei Seiten eines Höhepunktes

*A*urelia schlug ihre Augen auf und das Bett neben ihr war leer. Statt des erwarteten Mannes lag eine Karte auf dem Kopfkissen.

Sie richtete sich auf und zog diese Nachricht zu sich.

*„Ich danke dir für diese schöne Nacht. Bis heute Abend! L.“*, las Aurelia, zog die Botschaft an ihre Brust und legte sich lächelnd im Bett zurück.

Voller Glücksgefühle dachte sie an diese Nacht zurück. Sie war wirklich außergewöhnlich gewesen. Luzifer hatte ihr ihren dritten Wunsch schon gewährt und versprochen, auch die beiden anderen zu erfüllen.

„Was für eine Nacht!“, stöhnte Aurelia auf und ließ die Bilder und Gefühle davon noch einmal an sich vorüberziehen. Luzifer war wirklich ein leidenschaftlicher und zugleich zärtlicher Liebhaber gewesen und seine Kritik an Michelangelo war durchaus berechtigt gewesen.

Aber wenn der Bildhauer seinen David so bestückt hätte, dann hätte sicher damals die Kirche protestiert. Selbst beim fünften Mal hatte Luzifer noch seinen Mann gestanden.

Damit konnte Aurelia auch Lilith verstehen, die ihr einstmals etwas von den Liebeskünsten Luzifers vorgeschwärmt hatte. Das Beste daran war aber, dass die Prüfungen und Aufgaben nun hinter ihr lagen. Nichts stand nun noch zwischen ihr und ihrer Freundin.

Schon bald würde Aurelia Daria wieder in die Arme schließen können. Und zwar nicht diese leere Hülle, die ihr am Abend fast das Herz gebrochen hätte, sondern wieder vereinigt mit ihrer Seele! Das würde Georgs Aufgabe bis zum Abend sein und daher wollte sie den alten Mann nicht mit ihren Fragen und Aufträgen belästigen.

Zum Frühstück konnte Aurelia auch ausgehen, aber zuerst wollte sie in das Bad und dort in der Wanne entspannen.

Schnell war das angenehm warme Wasser, inklusive eines duftenden Schaumbades, in der Badewanne und Aurelia dachte dabei wieder zurück an diesen betörenden Duft des Mannes, der schon ein paar Mal ihren Kopf gefüllt hatte. Es hatte ihn unwiderstehlich gemacht, selbst für sie und dabei hätte sie doch Kummer und Trauer wegen Daria haben müssen.

Oft hatte sie Geschichten über die Hexen gehört, nun verstand sie diese Erzählungen. Selbst jetzt war er noch in ihrem Kopf und sie spürte ihn noch in ihrem Schoß.

Mit seinem Bild vor ihrem inneren Auge musste Aurelia nun an seine Erklärung über die Wandlung der Gestalt denken, die sie am Abend zuvor schon versucht hatte. Konnte sie das wirklich, oder war es ein Trick Luzifers gewesen?

„Übung macht den Meister!", sagte Aurelia.

Eine halbe Stunde lang, in der Wanne liegend, versuchte sie es, und es funktionierte tatsächlich. Zuerst wählte sie Tizianas Gestalt, dann die von Daria und schließlich sogar jene von Luzifer.

Zu ihrem Erstaunen war ihr Körper dabei auch als Mann voll funktionsfähig, wie ein kurzer Test ihr schnell bewies.

Aurelia freute sich wie ein Kind, als die Spitze ihrer Erektion die Wasseroberfläche durchbrach. Bei diesem Anblick musste Aurelia erneut an Daria denken, denn die Freundin wünschte sich schon seit Jahren ein Kind, aber bisher hatte es nie geklappt.

Selbst diese eine Nacht mit dem Fotografen war ergebnislos verlaufen und nun konnte Aurelia in dieser Gestalt vielleicht dafür sorgen, das sich Darias Kinderwunsch erfüllen konnte.

„War es möglich?", fragte sich Aurelia laut. Sie war fähig ein Kind zu empfangen, aber konnte sie auch eines zeugen? Wie sie es so oft schon bei den Männern gemacht hatte, begann sie nun einen letzten Funktionstest ihres männlichen Körpers. Es dauerte auch gar nicht lange, bis sich ihr Unterleib irgendwie zusammenzog und danach ihr Samen wie eine Fontäne ihren Körper verließ. Schubweise vermischte er sich mit dem Badewasser.

Doch dieser Höhepunkt war irgendwie ernüchternd. Nur kurz alles raus und fertig! Da gefiel ihr der Orgasmus als Frau wesentlich besser. Nun kannte sie beide Seiten der sexuellen Ekstase und musste die Männer dafür irgendwie bemitleiden.

Bei dem Gedanken an die Freundin und das Kind fiel ihr aber auch ein, dass sie dann Daria mitteilen müsste, dass sie ein Engel war. Bisher hatte sie sich davor gedrückt Daria die Wahrheit über ihre Herkunft zu erzählen. Was würde sie dazu sagen?

Grübelnd verwandelte sich Aurelia zurück, stieg aus der Badewanne und wusch sich unter der Dusche sauber.

Vorerst schob sie die unnützen Gedanken von sich. Alles würde sich fügen! Nun freute sie sich auf den Abend und darauf, Daria wieder in die Arme schließen zu können. Ihr Herz machte bei diesem Gedanken schon einen vergnügten Hopser.

Aber zuvor musste sie zu Romina, um sie zu informieren, dass diese auf eine Party gehen würde. Auf eine ganz spezielle Party!

Angezogen, parfümiert und hungrig verließ Aurelia das Zimmer und sah die Tür des Neben-zimmers offen stehen. Georg dekorierte gerade darin einen Blumenstrauß mit roten Rosen. Sicherlich war dies das Zimmer für Julians und Rominas erste gemeinsame Nacht.

Neugierig betrat Aurelia den Raum und es war ein Traum! So schön, wie das Zimmer in dem Hotel, in dem sie damals mit Daria ihre Flitterwochen verbracht hatte.

„Danke Georg! Das ist wirklich wunderschön!", sagte sie.

Georg deutete eine Verbeugung an und Aurelia gab ihm einen Kuss auf die Wange. Damit war auch der zweite Wunsch der Nacht schon erfüllt. „Und Daria?", fragte sie.

Georg hob den Daumen und bekam einen zweiten Kuss auf die andere Wange.

Fröhlich singend tanzte Aurelia die Treppe hinab und verließ das Haus.

Der Tag schien sich mit ihr mitzufreuen. Ein paar Vögel stimmten in einem Baum ein Begrü-ßungskonzert an und ein lauer Wind blies ihr sanft ins Gesicht.

In einem Straßencafé bestellte sie sich ihr Frühstück und langte ordentlich zu. Mit geschlossenen Augen genoss sie die Sonne auf der Haut und den Cappuccino auf der Zunge gleichzeitig. Konnte ein Tag schöner sein?

Ja! Mit Daria zusammen!

Aber schon am nächsten Morgen würden sie hier zusammen sein. Dann würde all der Stress und Ärger vorbei sein und Aurelia würde sich bei Daria für ihr verlottertes Liebesleben entschuldigen.

Die letzten Tage hatten ihr gezeigt, wie tief Daria in ihrem Herzen drin war. Auch, wenn sie ihr das vielleicht nicht oft genug gesagt hatte. Das würde sich nun ändern. Vielleicht konnte sie Daria erklären, dass es da einen Unterschied zwischen ihrem Schoß und ihrem Herzen gab.

Und vielleicht brauchte sie eine Art von Therapie! Aurelia hatte die letzten Jahre so gelebt, als wolle sie die versäumten Chancen der zweitausend Jahre davor nachholen. Zu spät hatte sie erst begriffen, dass sie damit Daria verletzt hatte. Vielleicht erst gerade jetzt.

Sollte sie nun allerdings wie eine Nonne leben? Irgendwie grauste es ihr bei dieser Vorstellung. Sie musste unbedingt mit Daria darüber reden, denn dann gab es vielleicht eine Lösung!

Doch zuerst würde sie ein anderes, viele hundert Jahre altes, Problem lösen.

„Auf zu Romina!", sagte sie leise, zahlte und ging die Straße zum Palast entlang.

Würde Luzifer ihr auch den dritten Wunsch erfüllen? Ihr, Julian und Romina? Zumindest hatte er es versprochen!

## 31. Kapitel
# Eine wilde Party?

Die Ankündigung von Aurelia hatte Romina nicht mehr losgelassen und der heiße Traum hatte noch das Seinige zu dieser eher unruhigen Nacht beigetragen. Trotz der Müdigkeit hatte sie sich in ihrem Bett immer wieder umher gewälzt und sich dabei vorgestellt, wie dieses erste Mal sein konnte.

Würde Vater sie einfach so zu einer Party gehen lassen? Waren Aurelias Kontakte wirklich so gut? In den paar Tagen hatte Romina ein so enges Verhältnis zu Aurelia aufgebaut, wie sie es sich nicht schöner hatte vorstellen können.

Voller Elan sprang Romina aus dem Bett und rannte zum Bad, als müsste sie sich beeilen. Aber es war noch früh am Morgen. Noch viel Zeit bis zum Abend.

So viel Zeit, die noch vergehen musste. Erneut dachte sie an Aurelia zurück und die streichelnden Finger der Freundin.

Der Nachmittag im Bett mit ihr war immer noch in ihrem Kopf. Romina brauchte nur daran zu denken und die Glücksgefühle rasten wieder durch ihren Körper.

Das Wasser unter der Dusche verstärkte dieses Gefühl nur noch mehr. Irgendwie war sie aufgeregt und freute sich auf die Party und gleichzeitig zweifelte sie und fragte sich immer wieder, ob sie überhaupt gehen durfte.

Danach dauerte es ziemlich lange, bis sie das richtige Kleid für das Frühstück gefunden hatte, denn es sollte ziemlich brav aussehen, damit Vaters letzte Zweifel zerstreut werden konnten.

Gespannt machte sich Romina auf den Weg in den Speiseraum nach unten. Sie war die letzte der Familie und alle schienen auf sie zu warten.

Nach dem Essen trat Vater hinter sie, legte seine Hand auf ihre Schulter und sagte „Du darfst heute Abend auf eine exklusive Party. Mach keinen Blödsinn!"

Schnell sagte sie ihm dies zu und hatte doch anderes im Sinn, aber das wollte sie nicht sagen, denn sonst hätte er die Zusage sicherlich wieder zurückgezogen.

„Eine Limousine holt dich heute Abend um acht hier ab!", erklärte er noch und ging aus dem Raum.

Romina blickte ihm nach und hätte vor Freude schon jetzt tanzen können. Eine wilde Party! Mit Julian! Und sicher noch ein bisschen mehr, als nur tanzen und Musik!

Die Glücksgefühle sausten durch ihren Körper und es waren noch zehn Stunden bis zum Beginn! Was sollte sie tun? Untätig in ihrem Zimmer sitzen? Oder ein paar Entwürfe zeichnen?

In ihrem Zimmer setzte sich Romina an den Tisch, aber außer Kritzeleien kam dabei nicht wirklich etwas Brauchbares heraus.

Endlich klopfte es und Aurelia trat ein. Romina sprang vom Sofa auf und fiel der Freundin um den Hals. „Ich darf auf deine Party kommen!", platze es aus ihr heraus.

„Fein! Ich habe nichts anderes erwartet!"

„Und Julian?", fragte Romina neugierig.

„Was würde dein Vater wohl dazu sagen?"

„Heißt das, er kommt nicht?", fragte Romina enttäuscht.

„Na ja, es könnte ja sein, dass bei einer Party jemand Hunger auf eine Pizza bekommt", entgegnete Aurelia mit einem schelmischen Lächeln.

„Du bist mir ja eine!", erwiderte Romina und gab der Freundin einen leichten Knuff in die Rippen.

„So musst du deinen Vater nicht anlügen!", sagte Aurelia zum Schluss und zog Romina neben sich auf das Sofa.

Nun saßen sie dort nebeneinander und Romina hatte die Uhr auf dem Regal fest im Blick. Die Zeiger schienen zu kriechen und Romina wurde immer aufgeregter.

„Du bist ja völlig verspannt! So wird das nichts mit deiner Party!", erklärte Aurelia nach einer Weile.

„Ich bin so aufgeregt!"

„Das spüre ich! Du musst aber entspannt sein, sonst kannst du das doch gar nicht genießen!"

„Was soll ich denn machen?", fragte Romina ratlos, denn die Aufregung sauste wie Ameisen durch ihren Körper.

„Runter mit den Sachen!", legte Aurelia fest.

„Was hast du vor?", fragte Romina freudig, während sie sich schon die Bluse aufknöpfte.

„Ich möchte dich massieren, das hat mich vor ein paar Tagen auch so schön entspannt. Hast du Massageöl hier?", fragte Aurelia und sah sich um.

„Nein!"

„Dann gehe ich mal in die Küche und hole etwas Salatöl!"

Aurelia ging und Romina wartete nackt auf die Rückkehr der Freundin. Vielleicht würde es nicht nur bei einer Massage bleiben.

Die Vorfreude sauste schon wieder durch ihren Körper, aber es dauerte eine ganze Weile, bis Aurelia endlich wieder in ihrem Zimmer erschien. Lächelnd hielt sie ein Ölkännchen in der Hand, dass sonst immer mittags auf dem Tisch stand.

„Willst du mich erst einölen und dann verspeisen?", fragte Romina.

„Eigentlich nicht!", sagte Aurelia, stellte die Flasche auf den Tisch, zog sich ihr Kleid über den Kopf und sagte danach „Lege dich auf das Sofa! Auf den Bauch!"

„Verschließe du erst die Tür! Wenn mein Vater mich hier mit einer nackten Frau erwischt, dann streicht er die Party vielleicht wieder!"

„Ich will nur kein Öl auf meinen Sachen, aber wie du meinst!"

Romina deckte ein großes Tuch über das Sofa und legte sich hin, während Aurelia die Tür verriegelte. Ein paar Augenblicke später begann Aurelia ihren Rücken durchzukneten, aber die streichelnden Berührungen der nackten Freundin regten sie mehr an, als dass sie dadurch entspannt wurde.

„Dreh dich mal auf den Rücken!", sagte Aurelia und damit hatte Romina jetzt auch noch Aurelias nackten Körper über sich, was Romina nur noch mehr erregte.

Aurelias Finger kneteten nun Rominas Brüste durch, strichen über ihren Bauch und an den Schenkeln entlang. Heiß und kalt wurde es Romina dabei abwechselnd.

„Ich halte das nicht mehr lange aus!", stieß Romina schließlich gepresst aus.

„Dann lass dich fallen!", hauchte Aurelia und ging vom Kneten ins zärtliche Streicheln über.

Als Aurelia begann Rominas Schoß zu streicheln, da ging ihr Atmen in ein Keuchen über. Alles zog sich in ihr zusammen. Aurelia beugte sich zu ihr herab und sagte leise „Beiße dir in die Hand, damit niemand denkt, ich würde dir hier etwas antun!"

Die Berührungen wurden stärker, das Gefühlt intensiver.

Gerade noch rechtzeitig bekam Romina ihre Hand in den Mund, bevor sie sich jammernd in ihren Höhepunkt fallen ließ.

Zuckend vor Lust lag sie in Aurelias Händen und alles entspannte sich in ihr. Schließlich seufzte sie erleichtert auf. „Nun du!", sagte Romina, aber Aurelia schüttelte den Kopf.

„Das überlasse ich Daria heute Nacht!"

„Hat sie dir verziehen?", fragte Romina nach.

„Ich hoffe es! Lass uns unter die Dusche gehen, damit wir das Öl wieder loswerden können!"

Romina setzte sich auf und betrachtete ihren eingeölten Körper. „Ich bin eine Ölsardine", scherzte sie und bekam einen Kuss von Aurelia.

Zwei Minuten später standen sie zusammen unter der Regendusche im Bad, die zum Glück groß genug für zwei war. Gegenseitig seiften sie sich ab und die Glücksgefühle sausten immer noch durch Rominas Körper.

Die Vorfreude auf den kommenden Abend ließ sie singen und Aurelia stimmte in das Lied mit ein. Es klang falsch und schräg, denn Singen war nun mal weder ihre Stärke, noch die der Freundin.

Sich gegenseitig abtrocknend redeten sie anschließend über die Party. Es würden wohl nicht viele Menschen dabei sein. Daria, Aurelia, Romina, der Gastgeber und Julian. Bei fünf Leuten war es wohl eher eine kleine Feier, als eine Party.

Nachdem sich Aurelia von ihr verabschiedet hatte, trat Romina an ihren Schrank und begann damit, sich ein Kleid auszusuchen. Eine weitere Frage sauste dabei durch ihren Kopf „Sollte ich darunter Unterwäsche tragen?" Sie wollte Sex und würde das dabei nicht zu lange aufhalten?

## 32. Kapitel
# Drei Freundinnen

Aurelia schlenderte durch den beginnenden Abend zurück zum Palast. Es war der erste Tag, an dem es nicht darauf ankam, dass sie pünktlich war, trotzdem fieberte sie dem Abend entgegen.

Endlich würde sie Daria wieder in ihre Arme schließen können. Es zog sie zurück, aber sie ging betont langsam, denn im Palast würde sie die Warterei nur wahnsinnig machen. Wie, um sie damit zu ärgern, sah Aurelia nun überall verliebte Paare. Händchenhaltend schlendernd, sich auf Parkbänken küssend, oder einfach nur so vorübergehend.

Hatte es die hier vorher auch schon gegeben? Sicherlich, aber erst jetzt hatte sie Zeit zum Beobachten. Was würde der Abend noch so bringen? Das Glück für Romina? Die Lösung eines alten Fehlers? Vielleicht beides gleichzeitig!

Aurelia fragte sich, ob sie zu Julian gehen sollte, um ihn einzuweihen? Oder sollte sie erst später anrufen, wie sie es vorgehabt hatte? Das Zweite schien ihr besser zu sein!

Sie folgte dem Arno bis zur Brücke und schlenderte betont langsam an den Auslagen entlang. Vielleicht sollte sie noch eine Kleinigkeit für Daria kaufen? So, wie den Schmetterling, den sie für Romina geholt hatte?

Mitten in einer Vitrine eines Juweliers sah Aurelia einen kleinen Anhänger in Hundeform, der sie an Mäxchen, den kleinen Hund von Daria, erinnerte.

Das Hündchen hatte sie einst zusammengebracht und bei seinem Tod hatten sie vor zwei Jahren beide bitter geweint. Nun lag hier mitten in Florenz sein Ebenbild in einer Schmuckauslage.

Das konnte kein Zufall sein! Schnell war der Anhänger gekauft, liebevoll eingepackt und in Aurelias Handtasche verstaut.

Mit dem Geschenk zog die Vorfreude Aurelia schneller zum Palast zurück. Gegen 20:00 Uhr sollte der Wagen Romina holen und bis dahin war es nicht mal mehr eine Stunde.

Neue Fragen jagten durch Aurelias Kopf. Was für ein Kleid sollte sie tragen? Oder stand auch an diesem Abend wieder die obligatorische Kiste auf ihrem Bett? So wie es in den letzten Tagen immer gewesen war? Auch, wenn der Inhalt sie mitunter erschreckt hatte.

Halb acht klopfte sie am Tor und Georg ließ sie ein. Aus Vorfreude hüpfte sie die Treppe hinauf und rannte in ihr Zimmer.

Die Kiste war da und es lag ein wunderschönes Kleid darin. Auch der Slip, den Luzifer am zweiten Abend von ihr einkassiert hatte, lag in der Kiste. Zusammen mit einer wunderschönen Halskette und ein paar hochhackigen Schuhen, die sie auch vom zweiten Abend schon kannte.

Die Erinnerungen an diese anstrengende Woche waren sofort wieder in ihrem Kopf. Gab es denn diesmal keine Karte? Nach ein paar Minuten fand sie den Umschlag, der unter der Kiste gelegen hatte!

War das wieder eine Falle? Luzifer hatte irgendwie Zweifel und Misstrauen in ihr gesät, denn das hätte sie vor einer Woche noch einfach so als Unachtsamkeit abgetan.

*„Ich erwarte dich um acht Uhr im Saal! L.“*

Also doch!

„Mist!“, entfuhr es Aurelia, denn bis dahin waren es nur noch ein paar Minuten! Zum Glück hatte sie schon bei Romina geduscht.

In Bruchteilen eines Augenblickes riss sie sich die Sachen vom Leib, zog sich um und hatte gerade die Kette geschlossen, als Georg klopfte.

Mit den Schuhen in der Hand folgte sie ihm und mit dem Gongschlag stand sie vor dem Saal, zog sich die Schuhe an und Georg schob die Tür vor ihr auf.

Luzifer kam ihr freudestrahlend entgegen. Er trug einen perfekt sitzenden Anzug. „Ich danke dir, dass du meiner Einladung gefolgt bist. Ich wollte dir vor der Party noch für die letzte Nacht danken!", begrüßte er sie, gab ihr einen Kuss und sein Parfüm füllte wieder ihren Kopf.

„Du hast all die Tage nur zugesehen! Ich wollte mal wissen, was du so zu bieten hast. Es war wirklich schön. Lilith hat nicht gelogen!"

„Ich danke dir! Tritt ein. Georg wird Daria dann holen. Sie zieht sich nur noch um!", sagte Luzifer und gab ihr einen weiteren Kuss.

An seiner Hand betrat Aurelia den Saal und Luzifer führte sie zu dem kleinen Seitenraum, in dem sie am Abend zuvor gegessen hatten.

Dieser war wie für eine Party dekoriert. Sogar bunte Luftschlangen hingen von der Lampe.

„Romina wird in wenigen Minuten auch hier sein! Was ist mit ihrem Freund?"

„Den rufe ich gleich an. Noch etwas zu den beiden! Könntest du deinen Einfluss bei Massimo nicht dahingehend nutzen, dass die beiden zusammenbleiben können?"

„Noch ein Wunsch? Du bist genauso unersättlich, wie deine Mutter!", sagte Luzifer und lachte. „Ich werde sehen, was sich da machen lässt! Vielleicht mache ich Julian zu meinem Protegé! Ein Stipendium für sein Studium wäre da sicherlich auch noch drin!", setzte er noch hinzu.

Luzifer musste Julian ziemlich gut kennen, denn von dessen Plänen, das Studium betreffend, hatte Aurelia ihm gar nichts gesagt.

Zeitgleich brachte Georg Romina und Daria in den Raum.

Aurelia flog in Darias Arme. Eine Umarmung und ein langer Kuss folgten. „Verzeih mir! Ich war so ein Idiot!", sagte Aurelia und Daria nahm die Entschuldigung mit einem Kuss an.

„Gibst du mir mal dein Handy? Ich muss eine Pizza bestellen!", sagte Aurelia zu Romina, die dabei sichtlich Farbe im Gesicht bekam.

Eine Minute später war die Bestellung aufgegeben und alle setzten sich an den Tisch. Luzifer blieb, auch wenn er nun ziemlich überflüssig war. Daria hatte nur noch Augen für Aurelia und Romina sah unentwegt  zur Tür!

Daria trug das gleiche Kleid, wie auch sie und Aurelia holte den Anhänger mit der Kette aus der Handtasche.

„Oh! Mäxchen!", flüsterte Daria und hatte Tränen um den toten Freund in ihren Augen.

Aurelia legte ihr die Kette um. Tanzmusik ertönte und Daria zog sie auf den freien Bereich. Tanzend und küssend drehten sie sich zur Musik. So viel hatte sie der Freundin sagen wollen, doch im Moment schwiegen sie beide und genossen nur die Nähe der jeweils anderen.

Nach zwei Tänzen setzten sie sich wieder und da Julian immer noch nicht eingetroffen war, machte Aurelia nun Daria mit Romina bekannt.

„Aurelia hat mir schon viel von dir erzählt! Du bist Model? Aber du bist doch gar nicht so groß!", sagte Romina.

„Ich bin Fotomodel für Aurelias Schwester Petra. Ihr Label heiß Devils Art!", antwortete Daria.

„Da lasse ich auch oft schneidern! Eure beiden Kleider sind von Petra!", ließ sich Luzifer von gegenüber vernehmen.

„Der Schnitt kam mir gleich so bekannt vor!", entgegnete Daria.

Es klopfte und Georg brachte den Pizzaboten.

Die Pizza für sie und Daria, den Boten für Romina, die gerade in seine Arme geflogen war.

Gegenseitig fütterten sich Aurelia und Daria mit den Pizzastücken, während sich Romina und Julian neben ihnen küssten.

Luzifer erhob sich und verabschiedete sich galant lächelnd mit einer Verbeugung.

## 33. Kapitel
# Mit einem kleinen Ruck

*D*ie schwarze Limousine war pünktlich gewesen. Vater hatte Romina noch bis zur Wagentür begleitet und sie hatte schon Angst gehabt, dass er sie zur Party begleiten wollte, doch dann waren die Türen zu und sie auf dem Weg.

Romina war aufgeregt wie ein kleines Mädchen zu Weihnachten kurz vor der Bescherung. Sie wusste nicht, was passieren würde. Wie viele Gäste würden anwesend sein? Je mehr, desto leichter wäre es, einfach mal kurz mit Julian auf die Toilette zu verschwinden

Der Palast, vor dem der Wagen hielt, war ein imposanter Bau. Riesengroß und wunderschön, aber für die Details hatte Romina in ihrer Anspannung kein Auge.

Ein Diener mit einer schönen Uniform begrüßte sie wortlos, ließ sie ein und führte sie eine breite Treppe hinauf. Vor einer großen Tür stand eine schöne Frau und nach Aurelias Beschreibung konnte das nur Daria sein, auch wenn sie sich ein Model größer vorgestellt hatte.

Daria war genauso groß, wie sie selbst und damit etwas kleiner als Aurelia. Der Diener öffnete das Tor, hakte sie beide rechts und links unter und führte sie in einen großen Saal.

Wenn hier eine Party war, dann waren die Gäste darauf seltsam ruhig, denn nicht ein Ton war zu hören.

Der Diener öffnete einen Raum und darin befanden sich nur Aurelia und ein weiterer Mann im Gespräch.

Romina blickte sich um, aber Julian war nicht da! Die Enttäuschung darüber zog ihr die gute Laune fort. Aurelia begrüßte Daria und bestellte dann die Pizza.

Von da an zählte Romina die Minuten. Quälend lang dauerte es, bis Julian endlich erschien. Vor den paar Menschen hier brauchte sie sich nicht zurücknehmen, deshalb rannte sie auf Julian zu und musste ihn küssen.

So lange hatte sie sich gewünscht, seine Lippen erneut auf den ihrigen zu spüren und nun war es endlich so weit!

Obwohl sie sich nun auch direkt auf ihn hätte stürzen können, wie sie es sich in den letzten Nächten immer vorgestellt hatte, war mit einem Mal alles etwas anders.

War es ihre Schüchternheit? Oder Angst vor diesem letzten Schritt? Romina wusste es nicht, doch statt mit Julian nach draußen zu verschwinden und es endlich hinter sich zu bringen, begann sie nun mit Daria ein Gespräch über Mode zu führen.

Der Diener hatte einen Katalog des Modelabels aufgetrieben und Daria zeigte ihr diese wunderschönen Fotos von ihr darin. Lachend erzählte sie dabei Geschichten von den exotischen Plätzen, an denen die Shootings stattgefunden hatten.

Mitten in dieses Gespräch hinein stand Aurelia mit einem Mal hinter ihr und flüsterte in ihr Ohr „Du wolltest dir doch heute nicht nur Fotos ansehen! Oder?"

Rominas Blick ging zu Julian und ihre Augen trafen sich. Aurelia hatte sowas von recht! Die Bilder konnte ihr Daria auch noch am nächsten Tag erklären.

Sie ergriff die Hand von Julian und zog ihn für einen Kuss zu sich.

„Soll ich euch euer Zimmer zeigen?", fragte Aurelia.

„Du hast ein Zimmer für uns? Ich wollte dich gerade fragen, wo die Toiletten sind!", rief Romina erfreut aus und fiel der Freundin um den Hals.

„Bringst du Daria in mein Zimmer?", fragte Aurelia den Diener und dieser verbeugte sich.

Nun lief Aurelia vor ihnen her, während Julian ihre Hand hielt. Gemeinsam, zu dritt, rannten sie die Treppe hinauf und dann öffnete Aurelia ein Zimmer, das ein großes Herz an der Tür hatte. Dieser Raum war traumhaft ausgestattet.

Romina löste sich von Julian und fiel der Freundin um den Hals. „Ich danke dir für deine Hilfe", sagte sie zu Aurelia, „Machst du mir bitte das Kleid auf?"

Aurelia begann die Haken zu öffnen und half ihr aus dem Kleidungsstück. Danach hängte sie es sorgfältig an den Schrank.

Julian zog sich das T-Shirt über den Kopf und öffnete seinen Gürtel. Nun standen sie sich beide in Unterwäsche gegenüber und keiner von beiden wagte den ersten Schritt auf den anderen zu.

„Da muss ich wohl noch mal helfend ran!", sagte Aurelia und kam auf sie zu.

Mit einem sanften Druck auf die Schultern schob Aurelia Romina so weit nach vorn, bis sie Julian wieder küssen konnte. Stürmisch erwiderte er ihren Kuss.

Nachdem damit das Eis der ersten Blockade gebrochen war, ging der Rest von selbst und Aurelia trat ein paar Schritte zurück. Noch im Kuss löste Julian den Verschluss an Rominas BH und das Kleidungsstück fiel hinter ihr zu Boden.

Seine Hände tasteten sich zu Rominas Brüsten, die er sanft und liebevoll streichelte und Romina drückte sich ihm verlangend entgegen.

Das fühlte sich gut an und davon wollte sie mehr.

„Ich lass euch mal alleine! Daria wartet schon auf mich! Wir sind im Nebenzimmer, also macht nicht so einen Krach!", sagte Aurelia von der Tür aus. Dann wendete sie sich dem Ausgang zu, stoppte und drehte sich zurück „Ach egal! Lass alles raus!", sagte Aurelia und schloss hinter sich die Tür.

Nun drückte sich Romina Julians Händen noch mehr entgegen und strich ihrerseits mit ihren Fingern über die Beule, die sich deutlich unter seinem Slip abzeichnete. Einen Moment später kniete sich Julian hin und schob seine Finger hinter den Bund von Rominas Höschen.

Von untern blickte Julian sie an und Romina nickte ihm zu. Langsam zog er ihr den Spitzenslip von den Hüften, streifte diesen an den Beinen herab und küsste danach Rominas Schoß, als sie aus dem Stoffstück trat.

Julian erhob sich, nahm sie auf seine Arme und trug sie zum Bett, wo er sie absetzte.

Während sich Julian neben ihr auszog, legte sich Romina mit dem Rücken in das Bett. Erwartungsfroh sah sie zu ihm auf und spreizte dabei schon ihre Beine.

Julian trat zum Bett und bei jedem Schritt wippte sein halb erigiertes Glied.

Lüstern leckte sich Romina die Lippen, denn nun war sie das Raubtier!

Julian stieg auf das Bett, kniete sich zwischen die Schenkel von Romina und massierte dabei sein bestes Stück mit der Hand.

Ein erster Tropfen seiner Lust ließ die pralle Eichel glänzen.

Wie es ihr Aurelia gezeigt hatte, öffnete Romina mit zwei Fingern ihren Schoß und half Julian damit, die Öffnung ihrer Scheide zu finden.

Augenblicklich zog Romina noch die Knie nach oben, um Julian zusätzlich das in sie gleiten zu erleichtern.

Sie konnte es kaum noch erwarten.

Julian legte sich auf sie, stütze sich neben ihrem Kopf auf dem Bett ab und Romina spürte, wie er sich ein Stück in sie schob.

Endlich war es so weit!

Aber dann war Schluss. Er kam nicht weiter!

Julian keuchte vor Anstrengung.

„Mach schon!", forderte Romina ihn auf.

„Es geht nicht! Und ich will dir nicht weh-tun!", entgegnete er.

Das durfte doch nicht wahr sein! Sollte sie doch noch mal die Freundin fragen? Romina spürte den Druck in ihrem Unterleib, aber Julian kam einfach nicht einen Zentimeter tiefer in sie hinein.

„Verdammt!", schrie Romina und versuchte nun ihm ihr Becken entgegenzudrücken, doch auch das half nicht! „Vielleicht mit etwas Schwung?", fragte sie.

„Ich will dir nicht wehtun!"

„Jetzt mach endlich!", forderte sie ihn verzweifelt auf.

Julian zog sich aus ihr zurück, Romina hielt weiter ihren Schoß offen und mit Anlauf stieß er zu.

Endlich drang Julian in sie ein!

Romina schrie auf, als etwas in ihr zerriss, dann spürte sie, dass Julian tief in ihrem Schoß steckte. „Endlich!", stöhnte sie erleichtert auf und der Schmerz verschwand.

Für einen Moment verharrten sie so, bis Julian begann, sich zuerst langsam in ihr zu bewegen. Mit jedem Stoß wurde es besser. Dann wurde er schneller und sie kam ihm mit ihrem Becken immer wieder entgegen.

Schnaufend lag Julian über ihr.

Der Rhythmus ihrer beiden Bewegungen glich sich langsam an und sie stöhnte bei jedem Stoß auf.

Mit einem lauten Aufstöhnen ergoss sich Julian in Rominas inneren. Ein Zucken und zittern durchlief dabei ihren ganzen Körper.

Julian bewegte sich weiter in Romina, bis auch diese ihre Lust ohne Rücksicht auf die Nachbarn herausschrie.

## 34. Kapitel

# Vom Glück, ein Engel zu sein

Daria stand schon vor dem Bett, als Aurelia das Zimmer betrat. „Es tut mir leid, was ich dir angetan habe!", begann Aurelia.

„Und mir tut es leid, dass ich dich so angeschrien habe!", entgegnete Daria.

„Entschuldige bitte!", sagte Aurelia, flog in die Arme der Freundin und sie küssten sich. War jetzt der richtige Zeitpunkt für eine weitere Beichte? Wann, wenn nicht jetzt!

„Ich muss dir noch etwas sagen", begann Aurelia und sie setzten sich auf die Bettkante. Nun suchte sie nach den richtigen Worten, während Daria sie aus ihren wunderschönen Augen fragend ansah.

Wie begann man so etwas? „Ich bin ein Engel!", platzte es einfach aus Aurelia heraus.

„Ach mach doch keine Scherze!", sagte Daria und ihre Augenbrauen zogen sich zornig zusammen.

„Doch! Schau her!" Aurelia erhob sich, stellte sich vor Daria und ließ zwei gewaltige weiße Schwingen aus ihren nackten Schultern schießen. Die Spitzen der beiden Flügel berührten dabei die Zimmerwände.

Daria blieb der Mund offen stehen. „Engel gibt es also wirklich? Und einer davon liebt mich?", hauchte sie.

Aurelia nickte, zog die Flügel etwas ein und setzte sich zurück zu Daria. Die Freundin strich gedankenverloren mit den Fingern über die Engelsschwingen. Offensichtlich brauchte sie noch ein paar Minuten, um diese Neuigkeit zu verdauen. Aurelia umarmte sie und begann sie zu küssen.

„Darum das Ganze?", fragte Daria.

„Ich bin seit zweitausend Jahren auf der Suche nach der Liebe! In dir habe ich sie nun gefunden. Meine Suche ist vorbei, nur mein Schoß hatte es noch nicht verstanden!"

„Aurelia! Ich liebe dich!", flüsterte Daria.

„Ich liebe dich auch! Lass uns für immer beisammen sein! Du hast mir so gefehlt!"

„Wer passt den auf unsere Kinder auf, während wir hier sind?"

„Lilith!", entgegnete Aurelia.

„Ist sie auch ein Engel?"

„So etwas Ähnliches! Wo wir gerade bei den Kindern sind, du hattest mir doch gesagt, dass du auch gern Kinder hättest. Oder?", fragte Aurelia.

„Ja! Ich hätte gern ein Kind mit dir. So wie Sofie und Ruth, aber das geht ja nicht!"

„Doch! Das wäre möglich!"

„Wie?", fragte Daria nach.

„Ich bin doch ein Engel und habe hier gelernt, meine Gestalt zu wechseln. Ich könnte mich in einen Mann verwandeln und ein Kind mit dir zeugen. Möchtest du?"

„Nichts lieber als das!", entgegnete Daria.

Aurelia küsste die Freundin und beide hatten nun Tränen in den Augen.

„Wie soll das gehen?", fragte Daria.

„Zuerst werden wir uns mal ausziehen! Und dann: Bienen und Blumen! Du weißt doch noch! Oder?", sagte Aurelia und beide mussten lachen.

Die Küsse wurden leidenschaftlicher. Zärtlich streichelte Aurelia das Gesicht der Freundin. Dann halfen sie sich gegenseitig aus den Kleidern und Aurelia zog die Federn komplett ein.

Auf dem Bett liegend streichelten sie sich weiter, bis Aurelia die Freundin leise fragte „In welchen Mann soll ich mich verwandeln? Mit wem wolltest du schon immer mal im Bett sein?"

„Mit dir!", entgegnete Daria.

„Ja! Ich weiß! Aber als Mann? Hast du früher mal für einen geschwärmt? Einen Sänger? Oder Schauspieler?", fragte Aurelia.

„Humphrey Bogart?", entgegnete Daria nach einer kurzen Pause.

„Ich schau dir in die Augen. Kleines! Ich gehe mal kurz in das Bad!", sagte Aurelia, erhob sich und ging zum Spiegel. Sie brauchte zwei Versuche, dann war die Illusion perfekt. Zumindest des Gesichtes. Den Rest improvisierte sie!

Aurelia stolzierte betont männlich zurück in das Zimmer. Daria lag nackt im Bett und schrie überrascht auf.

"Hallo! Kleines!", sagte Aurelia.

„Die Stimme solltest du weglassen! Das zerstört die Illusion!", sagte Daria und verkniff sich gerade das Lachen.

Aurelia nickte und ging zu ihr hinüber.

Ein Mann, eine Frau, ein Bett. Und eine Aufgabe: ein Kind zeugen!

Aurelias steil aufgerichteter Schaft überwand mühelos den Eingang zu Darias Scheide. Die Nässe ließ Aurelia sofort bis zum Anschlag in Darias Leib rutschen und ihre Schamhaare berührten sich. Daria beantwortete den Stoß mit einem lustvollen Stöhnen.

Nach dem zweiten Stoß passte Aurelia Länge und Umfang des eingeführten Gliedes an, damit es Daria vollständig ausfüllte, was mit einem zufriedenen „Uff!" der Freundin quittiert wurde. Aurelia verkniff sich jeden Ton, während Daria unter ihren Stößen keuchte, jammerte und stöhnte.

Nun spürte Aurelia, wie es als Mann war, eine Frau auch körperlich zu lieben und es fühlte sich gut an! Nur die Aussicht auf den dürftigen Höhepunkt schmälerte ihre Freude. Zuerst war aber Daria dran!

Die Freundin warf sich lustvoll stöhnend unter ihr hin und her, während Aurelia immer wieder tief in ihren Schoß stieß.

Und Aurelia spürte auch, wie Darias Scheidenmuskeln sich immer wieder anspannten und lösten. Das Keuchen von Daria trieb Aurelia an und es wurde besser als erhofft.

Schließlich verschränkte Daria ihre Beine hinter Aurelias Hintern und in einem ekstatischen Höhepunkt zog sich Daria um ihren eingeführten Liebesschaft so zusammen, dass auch Aurelia zum Höhepunkt gepresst wurde.

Schub um Schub schoss sie ihren Samen, hoffentlich tief genug, in Darias Leib.

Entstand hier schon ein neues Leben?

„Das war umwerfend! Wie war es für dich?", fragte Daria, nachdem sie wieder zu Atem gekommen war.

„OK, aber nicht so prickelnd. Man kann die Männer nur dafür bedauern!", antwortet Aurelia, während sie sich zurückverwandelte.

„Dann kümmere ich mich jetzt um dich!", entgegne Daria und sie tauschten die Positionen.

Nach dieser heißen Nacht erwachte Aurelia mit Daria im Arm. Etwas hatte sie geweckt und als sie aus dem Bett aufsah, da stand Georg mit dem Frühstück vor ihr.

„Danke Georg!", sagte sie, der Diener verbeugte sich und wendete sich zur Tür. Aurelia hatte plötzlich eine Eingebung und rief ihm hinterher „Oder sollte ich Lilith sagen?"

Georg fuhr herum, sah sie entgeistert an und fragte mit Liliths Stimme „Was hat mich verraten?"

„Deine Stimme!", entgegnete Aurelia.

„Aber ich habe doch gar nichts gesagt!"

„Eben!"

„Ich konnte dich doch nicht ohne Schutz hier lassen!", erwiderte Lilith.

„Wer passt eigentlich auf die Kinder auf?", wollte Aurelia nun wissen.

„Gabriel! Aber nun muss ich auch noch den beiden Turteltauben nebenan das Frühstück bringen!", sagte die Dämonin und ging aus dem Zimmer

Diese Geschichte mit der Pandemie war schon gut ausgedacht gewesen und wenn Daria ihr nicht den Tipp mit der Stimme gegeben hätte, dann wäre Liliths kleine Täuschung unbemerkt geblieben.

Daria erwachte und fragte „Hat es vielleicht gestern schon geklappt?" Dabei legte sie ihre Hand auf den Bauch.

„Wenn nicht, dann können wir das noch ganz oft ausprobieren! Vielleicht hast du noch ein paar erotische Fantasien aus Teenagertagen!"

„Vielleicht!", antwortete Daria mit einem zwinkern und küsste sie.

„Das Frühstück wartet!", sagte Aurelia und erhob sich nackt aus dem Bett. Sie kam nur einen Schritt auf den Wagen zu da flog die Tür auf und eine vor Glück strahlende Romina sauste in das Zimmer.

## 35. Kapitel

# Ein Schrei am Morgen

Romina öffnete die Augen und sah die Gardine vor dem Fenster, die sich leicht im Wind bewegte. Der neue Tag brach gerade an. Julian lag hinter ihr, hatte seinen Bauch an ihren Rücken gedrückt, und atmete ihr warm in den Nacken.

Sie war nackt, unbedeckt und lag mit dem Kopf auf seinem Arm. Der andere Arm lag um ihre Hüfte und Julian hatte die Hand auf ihrem Bauch knapp oberhalb des Dreiecks auf ihrem Venushügel.

Das „Wow!", das sie gerade im Kopf hatte, das traf ihren momentanen Zustand zu 100 %. Nach den anfänglichen Schwierigkeiten hatte Julian sie noch drei Mal zum Höhepunkt gebracht. Sicherlich hatte Romina dabei den ganzen Palast zusammengeschrien, aber es hatte alles rausgemusst!

Diese Lust war einfach viel zu groß für sie gewesen und ohne diesen Schrei der Erlösung hätte das Raubtier in ihr sie vermutlich einfach nur zerrissen!

Vorsichtig, um Julian nicht zu wecken, schob sich Romina einen Finger in ihren Schoß. Die Sperre war fort. Tief glitt dieser Finger hinein.

Das Zimmer, das sie als Mädchen betreten hatte, das würde sie damit als Frau verlassen und keine Macht der Welt konnte daran noch etwas ändern.

Die Tür öffnete sich leise und Romina zuckte zusammen. Über den Spiegel vor dem Bett sah sie, wie der Diener erschien und sie lag nackt direkt vor ihm! Eine Hand in ihrem Schoß versunken. Das Blut schoss ihr in den Kopf, aber der Diener ging einfach wieder, nachdem er den Wagen mit dem Frühstück vor dem Bett platziert hatte.

Romina schob Julians Hand von der Hüfte, stand vorsichtig auf und nahm sich den Morgenmantel vom Nachttisch, den da irgendjemand in der Nacht für sie hingelegt haben musste, denn der war am Abend noch nicht dort gewesen.

Auch ihre Sachen, die sie zu Beginn dieser Liebesnacht ziemlich stürmisch im Zimmer verteilt hatten, lagen sauber gefaltet auf dem Stuhl neben der Tür.

Jetzt zog es sie zu Aurelia nach nebenan, um sich bei ihr noch einmal zu bedanken.

Barfuß, mit hinter ihr her wehendem Mantel, rannte sie die zehn Schritte über den Flur und sauste in das Zimmer, wo Aurelia nackt mitten im Raum stand. „Ich danke dir für diese Nacht!", rief Romina und fiel Aurelia um den Hals.

Daria rekelte sich im Bett und erhob sich gerade. Ebenfalls nackt kam sie auf sie zu und nahm sich einen Kaffee vom Wagen.

„Muss ich schon wieder eifersüchtig werden, weil eine halbnackte Frau an deinem Hals hängt und dich küsst?", fragte Daria zwischen zwei Schlucken Kaffee.

„Aurelia hat mir nur geholfen, während sie um deine Liebe gekämpft hat!", erklärte Romina.

„Ich erkläre dir das später!", lenkte Aurelia auf Darias fragenden Blick ein.

„Ich habe gehört, dass dir diese Nacht gefallen hat!", stellte Aurelia nun fest.

„Die halbe Stadt hat es vermutlich gehört!", setzte Daria lächelnd hinzu.

„Müsst ihr denn schon wieder fort? Oder bleibt ihr noch ein paar Tage auf Urlaub in Florenz?", fragte Romina.

„Ich bin in Florenz? Wie bin ich den hier hergekommen?"

„Auch das erkläre ich dir noch! Ich würde gern annehmen, aber meine Kinder", begann Aurelia.

„Ich dachte, Lilith passt auf sie auf?", fragte Daria und biss in eine Brötchenhälfte, die sie mit Erdbeermarmelade beschmiert hatte.

„Bitte! Bleibt noch ein paar Tage! Ihr könnt dann auch mit dem Privatjet meines Vaters nach

Hause fliegen!", bettelte Romina, bis zuerst Daria kauend nickte und danach auch Aurelia zustimmte.

„Du hattest recht Aurelia. Liebe ohne Sex macht eventuell glücklich. Sex ohne Liebe kann einen zufrieden machen. Aber Sex und Liebe zusammen sind der Hammer. Sie machen zufrieden und glücklich!", sagte Romina.

„Wohl wahr!", ließ sich Daria vom Wagen vernehmen und strich sich eine Haarsträhne hinter das Ohr. Der Blick, den sie dabei Aurelia zuwarf, der war übervoll von Liebe!

„Ist dein Freund schon wach?", fragte Aurelia und nahm eine Tasse Kaffee vom Wagen.

„Noch nicht. Aber sicher gleich!", entgegnete Romina und lief zurück in ihr Zimmer.

Auf dem Weg zu ihrem Bett warf sie den Morgenmantel von sich und sprang danach zu Julian.

Es dauerte einen Moment, bevor er wach war und einen weiteren Augenblick, bis er wieder bereit für sie war, doch diesen neuen Tag wollte sie mit einem Schrei der Lust beginnen und jeder sollte es hören.

## 36. Kapitel
# Engel mit silbernen Schwingen

Ein paar Tage Urlaub hatten sie beide noch in Florenz genossen und damit war Aurelia schon zwei Wochen in dieser Stadt. In den vergangenen Nächten hatte Aurelia schon ein paar von Darias Fantasien in die Wirklichkeit umgesetzt. Aber es gab noch so viele mehr!

In einem kleinen Erotikladen hatten sie einen Umschnalldildo gefunden, mit dem Daria sie nun ebenfalls verwöhnte.

Es waren heiße Nächte gewesen und ein Ende dessen war zum Glück nicht absehbar. Ein bisschen hatte sich Aurelia darüber geärgert, dass Romina bereits nach einer Nacht verstanden hatte, wonach sie Jahre gesucht hatte.

Nur Sex in Verbindung mit der Liebe konnte das absolute Glück bringen.

Doch nun nahte der Abschied von dieser Stadt und während Daria die Sachen packte, wollte sich Aurelia von ihrem Gastgeber verabschieden.

Nachdem Lilith nun nicht mehr in Georgs Gestalt hier sein musste, war der Palast völlig leer und Aurelias Schritte hallten durch die Gänge, aber wo fand sie nun Luzifer?

In jener Woche der Prüfungen war er immer nachts hier oben gewesen, doch nun war es früh um neun. In etwas mehr wie einer Stunde wollte sie Romina abholen und zum Flugplatz bringen.

Aurelia schob die Tore des Saales auf, doch darin befand sich auch niemand. Allerdings fiel ihr beim passierten der Tür ein, wo sie den Mann finden konnte.

Der Raum mit dem Lift lag zu ihrer linken und hatte Luzifer nicht zu ihr gesagt, dass er da unten arbeitete?

Zögerlich betrat sie den Raum, denn wer fuhr schon gern zur Hölle hinab!

Aurelia betätigte den Knopf und sofort öffneten sich die Türen. Als sie die Kabine betrat, sah sie wieder ihr Spiegelbild ein paar tausend Mal. Es hatte etwas Beängstigendes!

Nur einen Knopf gab es hier drin und der Pfeil daneben zeigte blutrot nach unten.

Die Türen schlossen sich, Aurelia legte ihre Finger auf den Knopf und sie spürte in den Gliedern, wie der Lift nach unten beschleunigte.

Nachdem sich die Kabinenwände wieder blutrot eingefärbt hatten, stoppte der Fahrstuhl und die Türen öffneten sich geräuschlos.

Der Geruch von verbranntem Schwefel lag in der Luft. Langsam durchschritt Aurelia den Gang, bis sich vor ihr der Tisch aus Lava befand. Links stand eine Tür offen und glutroter Flammenschein fiel von dort aus in den Raum.

Aurelia trat in die Türöffnung und der Boden des gigantisch großen Höhlenraumes schien aus geschmolzener Lava zu bestehen. Sie ließ ihren Blick durch den Raum gleiten und überall brannten Feuer. Dämonen trieben irgendwelche Menschen umher. In dieser Art hatte sich Aurelia wirklich die Hölle vorgestellt.

Mitten in der Höhle saß Luzifer auf einem Thron aus weißen Schädeln und er hatte wieder die Gestalt des fünf Meter großen, roten Teufels, in der er sich ihr in jener Nacht gezeigt hatte.

Durfte sie den Raum betreten oder würde die Lava sie verbrennen?

Vorsichtig hob sie ihren Fuß, aber der Untergrund schien kalt zu sein. Als sie ihr Bein auf den Höhlenboden setzte, bemerkte sie, dass das Feuer darunter nur eine Illusion war.

Aurelia ging langsam auf Luzifer zu.

Links von ihr schwang Tiziana eine Peitsche und nickte ihr freundlich zu. Luzifer stieg von seinem Thron, verwandelte sich und trat zu ihr. „Ich wollte mich bei dir verabschieden!"

„Schade, dass du schon gehen musst!", antwortete er ihr.

„Hättest du mich wirklich für ewig hier behalten?", fragte Aurelia und zeigte in den Raum.

„Nicht für ewig. Das hätte Vater nicht gefallen. Ein bisschen vielleicht. Es hat mir viel Spaß gemacht, mit dir zu spielen", antwortete er und nahm ihr Hand.

„Es war nur ein Spiel für dich?"

„Für dich doch auch! Oder?", fragte Luzifer und führte sie wieder zum Ausgang zurück.

„Ich hatte dir doch gesagt, dass ich ein Teil der göttlichen Gerechtigkeit bin. Nichts hier geschieht ohne Vaters Zustimmung! Auch das zwischen uns nicht!", erzählte er auf dem Weg.

„Aber warum?", wollte Aurelia nun wissen.

„Wer weiß das schon! Sicherlich wollte er, dass du etwas lernst!"

„Das habe ich auch! Ich brauche nur Daria, sonst nichts!", stellte Aurelia fest.

„Siehst du! Das ist meine Aufgabe in der Welt. Wer könnte das Schöne erkennen, ohne das Hässliche? Das Gute ohne das Böse? Eigentlich gibt es keine heilige Dreifaltigkeit, sondern nur eine göttliche Dualität! Mann und Frau, Nord und Süd, Tag und Nacht, Hell und Dunkel, Null und Eins!"

„Bist du die Null?"

„Nein! Gott ist die Null! Der Kreis ohne Anfang und Ende! Der Kreis von Leben und Sterben, des Jahres! Ich vertreibe mir hier nur ein bisschen die Zeit, indem ich die Seelen auf ihren Weg zu Vater vorbereite! Nicht wahr Tiziana?", sagte Luzifer.

Die Dämonin wischte sich den Schweiß mit dem Handrücken von der Stirn, nickte und schwang wieder die lange Peitsche.

„Würdest du ihn gern mal wieder treffen? Unseren Vater?", fragte Aurelia.

„Ja! Aber wenn Gutes und Böses in einem Punkt vereinigt wäre, dann würde das Universum kollabieren! Manchmal spüre ich seine Gedanken bei mir. Er liebt mich! Er liebt alle seine Geschöpfe. Besuche mich doch mal wieder!"

„Gern! Auf Wiedersehen. Tschüss Schwester!", rief Aurelia und Tiziana warf ihr über die Entfernung eine Kusshand zu.

Luzifer begleitete sie noch zum Lift, sie gab ihm einen Abschiedskuss und die Kabine schoss nach oben.

„Wo warst du denn so lange!", rief ihr Daria von der Treppe aus zu. „Romina wartet schon!", setzte sie noch hinzu.

Gemeinsam eilten sie hinab, wo Romina schon im Vorraum stand und all die Götterfiguren betrachtete.

„Jetzt aber schnell!", trieb Daria sie an.

Lachen hetzten sie hinter der Freundin her. Die Limousine fuhr sie zum Flugplatz und Romina erzählte ihnen unterwegs, dass Julian nun in ihrem Zimmer wohnen durfte. Das Stipendium hatte ihren Vater umgestimmt.

Mit quietschenden Reifen fuhren sie vor den Hangar, wo der kleine Silbervogel schon auf sie wartete.

Nun wurde es Aurelia mulmig. Sie verabschiedete sich von Romina und trat vorsichtig auf den Jet zu.

Vor einer Stunde war Aurelia noch in der Hölle gewesen, doch nun wollte sie nicht in dieses Flugzeug.

„Flugangst?", fragte Daria, die schon so oft geflogen war.

Aurelia nickte.

„Du bist ein Engel! Deine Schwingen könnten uns auch ohne Flugzeug nach Hause bringen. Wovor hast du Angst?", fragte Daria.

„Dich zu verlieren!", flüsterte Aurelia.

„Das wird nie geschehen! Ich liebe dich!", antwortete Daria und küsste sie.

„Ich liebe dich auch! Für immer!", hauchte Aurelia, als die Stewardess die Tür hinter ihnen verriegelte.

## ENDE

Von Uwe Goeritz im Verlag BoD (Books on Demand, Norderstedt) ebenfalls erschienene Bücher:

### „Cecilia im Bann der Liebe"
**ISBN lautet: 978-3-7392-4583-6**
**Altersempfehlung: ab 16 Jahre**
**112 Seiten für 6,49 Euro**

### „Für Immer an deiner Seite"
**Die ISBN lautet: 978-3-7412-8407-6**
**Altersempfehlung: ab 16 Jahre**
**112 Seiten für 6,49 Euro**

### „Die Liebe ist (k)ein Ponyhof"
**Die ISBN lautet: 978-3-7412-7920-1**
**Altersempfehlung: ab 16 Jahre**
**116 Seiten für 6,49 Euro**

### „Griechische Küsse"
**Die ISBN lautet: 978-3-7448-7274-4**
**Altersempfehlung: ab 16 Jahre**
**116 Seiten für 6,49 Euro**

### „Liebe hinter Klostermauern"
**Die ISBN lautet: 978-3-7448-8973-5**
**Altersempfehlung: ab 16 Jahre**
**120 Seiten für 6,49 Euro**

## „Ein Pflaster für die Seele"
Die ISBN lautet: 978-3-7460-7947-9
Altersempfehlung: ab 16 Jahre

112 Seiten für 6,49 Euro


## „Das Tor zum Paradies"
Die ISBN lautet: 978-3-7528-5837-2
Altersempfehlung: ab 16 Jahre

124 Seiten für 6,49 Euro


## „Ein Kater rettet das Weihnachtsfest"
Die ISBN lautet: 978-3-7481-2863-2
Altersempfehlung: ab 16 Jahre

236 Seiten für 8,49 Euro


## „Aurelia - Geliebter Engel"
Die ISBN lautet: 978-3-7494-5128-9
Altersempfehlung: ab 16 Jahre

244 Seiten für 8,49 Euro


## „Sieben Nächte im Paradies"
Die ISBN lautet: 978-3-7347-6647-3
Altersempfehlung: ab 16 Jahre

244 Seiten für 8,49 Euro

### „Drei verrückte Weihnachtswünsche"

Die ISBN lautet: 978-3-7494-8575-8

Altersempfehlung: ab 16 Jahre

172 Seiten für 6,49 Euro

### „Ein besonderes Praktikum"

Die ISBN lautet: 978-3-7528-4866-3

Altersempfehlung: ab 16 Jahre

248 Seiten für 8,49 Euro

### „Aurelia – In himmlischer Mission"

Die ISBN lautet: 978-3-7519-1416-1

Altersempfehlung: ab 16 Jahre

244 Seiten für 8,49 Euro

### „Groupies tragen keine Ringelsöckchen"

Die ISBN lautet: 978-3-7519-8353-2

Altersempfehlung: ab 16 Jahre

136 Seiten für 6,49 Euro

### „Heiße Küsse im Advent"

Die ISBN lautet: 978-3-7526-1175-5

Altersempfehlung: ab 16 Jahre

264 Seiten für 8,49 Euro

Aktuelle Informationen und Neuerscheinungen finden sie immer im Internet unter:

### www.Goeritz-Netz.de